われはラザロ

Anna
Kavan

I
am
Lazarus

translation:
Yoko
Hosomi

アンナ・カヴァン

訳
細美遙子

bunyusha
文遊社

Anna Kavan

われはラザロ

目次

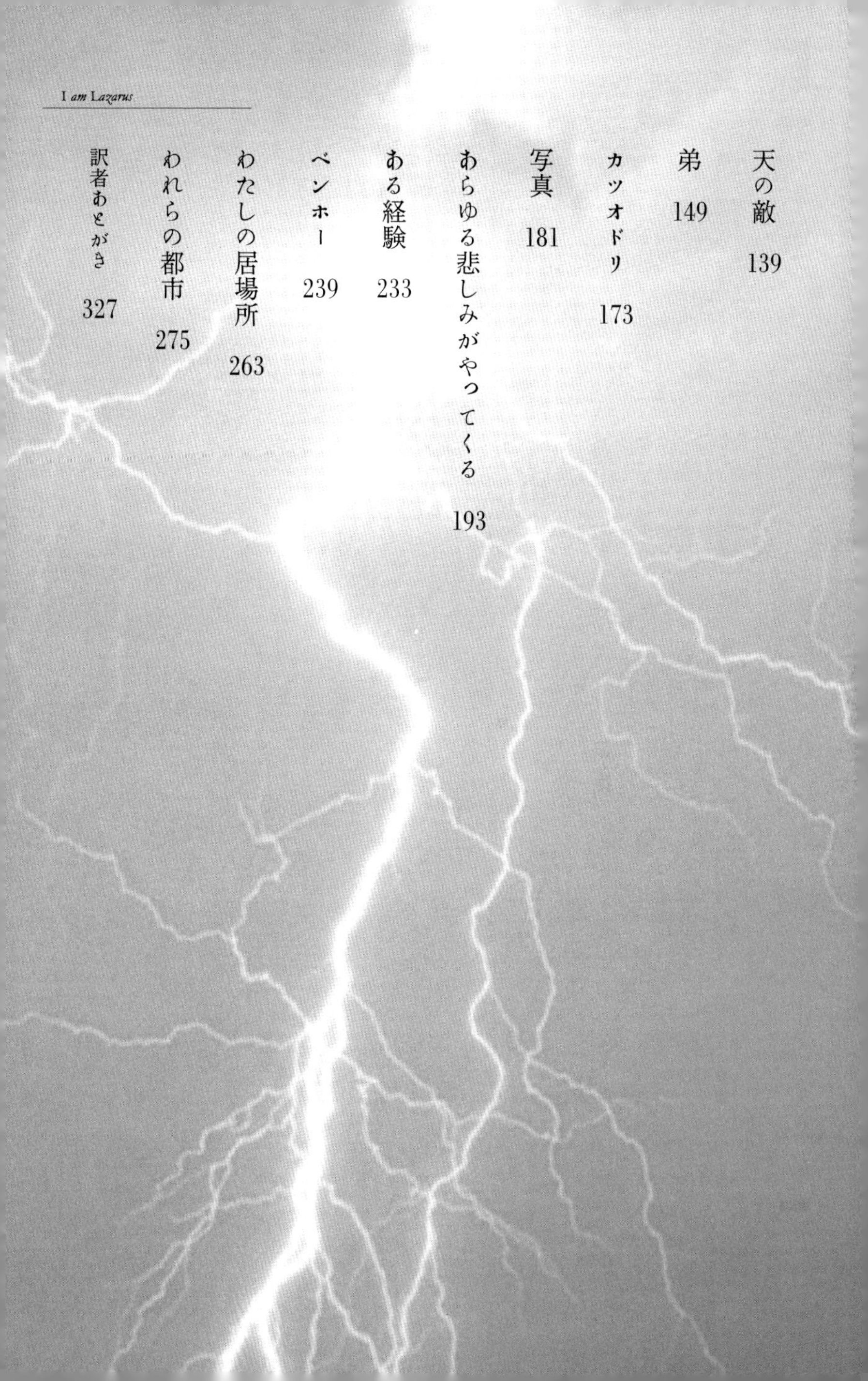

われはラザロ

I *am* Lazarus

英国人医師は、特にそのクリニックを訪ねたかったわけではなかった。彼は外国人も、彼らのやり方も信用してはいなかった。とりわけ、医療の面においては。彼は自分が理解できないことはすべて、信用できないと考えていた。特に、このところやかましく取り沙汰されているこのインシュリン・ショック療法というものは。インシュリンを注射して血糖値を下げさせてうすのろどもを昏睡させる、それがどうして患者を正常にするというのだ？　そんなことは理屈が通らん。若きトーマス・ボウのような、重度に進んだ早発痴呆症（訳注―統合失調症の昔の呼び名）患者に治療法があるなどと、考えてもいないし、これまでに考えたこともなかった。

英国人医師は、あまり腕のいい医師とは言えなかった。中年で鬱屈した思いを抱えた、可もなく不可もなくという医師で、開業している村のそばの別荘をたまたまボウ夫人が買ったのでなければ、ボウ夫人のような金持ちの相談にのることもなかっただろう。

この医師が夏休みに妻を連れて大陸にモーターショーを見に行くという話を聞いて、ボウ夫人は、もしそのクリニックの近くに行くことがあれば、ちょっと寄って息子のようすを見てきてほしいと言ったのだった。それは要望というよりは実質的に命令だと、医師は認識した。裕福な患者とうまくつきあうことの重要さを、彼は誰よりもよく理解していた。それに、旅行のあともどってきて同僚の家を訪ねたときに、いい話の種にもなりそうだと思えた。シェリーグラスを傾けつつ、リー老医師に何げなさそうにその話をする自分を想像した。「ああ、そうそう、あっちにいたときに、デソンス・クリニックをちょっと見てきましたよ。現代のさまざまな進歩には気を配ってなきゃなりませんからね、そうでしょう?」

英国人医師はこうしたことを考えながら、クリニックの構内を所長と一緒に歩いていた。彼はまた、一年ほど前にボウ夫人が、誰かから教えてもらったこの大陸の診療所に息子をやることに決めたと言ったときのことを思い出していた。医師はその考えに反対した。そんなのはむだに金を使うだけだ、症状をよくするなんてありえない、と言って。だが、夫人の決意はかたかった。まあ、彼女はたっぷり金を持っているのだ、何が問題だというのだ? だが金持ちといえど、とんでもなく高くついているにちがいない、と彼は考え、ちょっと溜飲を下げた。それから美しく整えられた庭園を見やった。敷地内の眺めは本当にすばらしかった。みずみずしい芝生は雨の少ない夏だというのに青々としていて、木はすべて申し分のない形に剪定されている。境界線は花々で美しく彩られていた。

青い異国の空から、太陽の光が惜しみなく、そしてわけへだてなく、ふたりの医師に降り注いでいた。白髪混じりの頭に白衣を着た男前の所長と、暑苦しいツイードのスーツを着た英国人とに。

「なかなかすばらしい場所をおつくりになりましたな」訪問者の英国人らしいぶしつけな言い方は、その発言にちょっと見下したような響きをもたらした。

ここの所長は、英語とそれ以外に四種類の言語を完璧に流暢に話せた。彼は客人の褒め言葉に、奥ゆかしく感謝の言葉を述べた。この客がとるに足りない存在だという評価を正確に下していたが、どんな相手にも礼儀正しく接するというのが彼の流儀であり、これこそが彼の成功の秘訣のひとつだった。

「われわれはボウ君を大変誇りに思っていますよ」所長は言った。「ボウ君はこの治療法の傑出した成功例ですからね。最初からすばらしくいい反応を示したんですよ、ですからきわめてよく効いているんだと思います。何ヶ月かすれば、家に帰れるぐらいよくなるはずです。今は経過観察をしているところです」

このときはじめて、英国人医師はトーマス・ボウのことを考えはじめた。これから数後に会うことになっているトーマス・ボウ、最後に見たときは救いようのないまでにイカれていたトーマス・ボウのことを。今日はどういうふうに見えるのだろうかと、医師は考えた。ふたりは歩きつづけた。背後には大きな主翼棟《メイン》が立っていた。しゃれたホテルのように白い建物で、雨よけの布庇はストライプ模様、窓の下の花箱には真紅のゼラニウムが明るく咲き誇っている。表側には作業室や工作室が並び、そこで患者たちがさまざまな手工芸にいそしんでいた。

明るい光のあふれる部屋のドアを、所長は開けた。細長いテーブルについて、男女の患者たちが作業をしていた。並んだ窓から陽射しがはいり、テーブルの上で動いているいくつもの手を照らしている。なかにはおしゃべりをしている患者もいた。ドアが開いたとたん、室内に漂っていたおしゃべりの小さな泡がふっと消えて何もなくなった。責任者はオーバーオールを着た男だった。人のよさそうな顔には、両頬にまたがるようにそばかすが散っている。患者のひとりのうしろに立ち、どうすればいいかを教えていた。ほかにも何組かの手が、大きい手や小さい手が、テーブルの上で上がったり下りたりしている。

「まさに産業の中心地ですよ、ほら」所長は穏やかに言った。

テーブル上に差しこむ陽射しの縞模様のなかで自らの意志をもって上がったり下がったりしているように見えるいくつもの手といくつもの顔を、英国人は不安そうに見つめた。

所長はテーブルのほうに進んでいった。

「おはよう、ボウ君。お客さんを連れてきたよ」

二十二歳ぐらいの若者が、グレーの作業衣をひどくきっちりと着こみ、一枚の細長い革のきれを両手で持って、そこにすわっていた。青白い顔はふっくらして、かなりきれいな顔立ちに見える。黒っぽい髪はとてもきれいになでつけられていた。鼻は貴族的な形をしている。体格はかなりよく、大柄なほうだった。ちょっと太り気味と言えるかもしれない。青年は平板な薄茶色の目で、じっとまっすぐ、ふたりの医師を見た。

「わたしを覚えているんじゃないかね?」英国人の訪問客はそう言って、自分の名を告げた。

そして手を差し出した。ちょっと間があってから、青年は革のきれを下に置き、その手を握った。笑みは浮かべなかった。

「とても元気そうにしているのが見られてうれしいよ」医師はうわべだけにこやかな専門家然とした口調で言った。そしてそれとなく若者を観察した。彼は身をこわばらせて、陽のあたるテーブルの自分の席にすわっている。またもや細長い革のきれを手にしていた。

「何をつくってるんだい？」所長が青年にたずねた。

「ベルト」そう言って、患者はにっこり笑った。

彼はベルトをつくるのが好きで、そのことを誰かに知ってもらうとうれしくなり、それで笑うのだ。

「豚革だよ」彼は説明した。ベルトの話をするのは好きなのだ。

「とてもいいね」英国人医師は気軽とは言えないようすで言った。

「うん」トーマス・ボウは言った。「前にもひとつつくったけど、ちょっと細すぎた。これはもっとずっといいやつだ」

青年は満足げな顔をしていた。安全な地盤にいると確信できているからだ。所長は青年の肩を軽くたたいてやり、さらにふたことみことやりとりを交わすと、ふたりの医師はふたたび外に出た。

「あんなふうになれるなど、とても信じられませんな」英国人は憤りを押し殺し、強調をこめて言った。「本当に」

医師は非難と憤りと心がざわめく不快さを感じていたが、それがなぜなのかはわからなかった。たしかにあの坊やはちゃんと正常に見える、と心のなかでつぶやく。もの静かで、自己抑制ができているように見える。だが絶対に、どこかに落とし穴があるにちがいない。あんなふうに本性に反する方向に向かうはずはないのだ。あんなことはありえない。医師は落ち着かない気分で、あの無表情な若い顔と、奇妙に平板な目つきを思い出した。

作業室では、金網張りの飼育檻のなかの神経質な鳥たちのさえずりのように、とぎれていた会話が再開していたが、ボウ青年はまったく無関心だ。彼は誰にも話しかけないし、誰も彼に話しかけてこない。彼はやわらかな手を規則正しく堅実に動かして、端から順にきっちりと豚革のベルトを縫い進めていた。それだけで満足できた。どうしておしゃべりにつきあわなければならないのだ？　テーブルのまわりにはずらりと、それぞれちがった色をしたいろんな形がならび、その口が開いたり閉じたりして、彼には何の意味ももたない音を吐き出している。彼らはこの作業室の親しみのある雰囲気の一部であり、彼はここにいると快く落ち着いた気分でいられる。

壁のブザーが、怒ったスズメバチのようなやかましい音をたてた。患者たちはテーブルから立ちあがり、離れていった。ひとりで動く者もいれば、小人数でかたまって動く人々もいる。そして作業室は静かになった。オーバーオールを着た男がかたづけをはじめた。テーブルに沿って動き、出ているものをきちんとならべ、ほかの品を棚の上にのせていく。

ボウ青年は自分の席にすわって、豚革のベルトを縫っていた。作業室の外に出たくなかった。ここなら自信をもって落ち着いた気分でいられる。外では、そうはいかない。

そばかす顔の男は、部屋全体がきちんとかたづくまで、彼をそっとしておいた。それから、そちらに行って、青年の腕に手を触れた。「そろそろ昼食《デジュネ》に行く時間ですよ、ムシュー・ボウ」男は力強い褐色の手をベルトに向けて差しだし、ボウ青年の白い両手はしぶしぶながら、ベルトを放した。

「ほら、これはわたしがあなたのためにちゃんとしまっておきますよ」男はやさしく言って、ベルトを丸く巻き、きれいな布でそれを包むと、棚のひとつの奥の、いつもの場所にしまった。

トーマス・ボウは注意深く見守った。ベルトがついに、安全にしまわれたことを確認すると、作業室から出ていった。そばかす顔の男は彼のあとについて作業室を出ると、ドアを閉め、施錠して、鍵をポケットに入れ、自分の昼食をとりに足早に歩き去った。

ボウ青年は、それとはちがう方向にのろのろと歩いた。主翼棟に向かって。一度か二度、作業室を振り返る。そこのドアが相変わらず完全に閉じているのを見て、そのたびにため息をつく。公園のような広々とした地面をつっきる小径の上を、彼はぎくしゃくした足取りで歩いていった。草刈りはおこなわれておらず、きれいに整えられた木々のあいだで草が丈高くのびていた。草のなかにフランスギクが咲いていた。彼らの黄色い目が叢のなかからこずるそうに横目でこちらをにらんでいる。

草は丈高くのびて、羽根のようにふわふわしていた。風に吹かれて、たがいにささやきあい、頭を揺すっている。ボウ青年はやわらかな指で草の頭に触れた。草は猫のように反応した。指先でなでられて身をしならせるほっそりした敏感な猫のように。青年はそこで足を止めて立ち、草の一本を摘んで、それで頬をなでた。その肌ざわりは軽くてくすぐったく、雷で帯電した猫の毛皮のようだった。彼はさらに何本か、その草を摘んだ。

不意に、人の気配に気づいた。体育の女性教師が自転車に乗って、小径の上を音もなく近づいてきていた。彼女は小気味よく自転車から飛び下りた。このクリニックに雇われているほかのみんなと同じように、彼女も大柄で健康で力があった。筋肉質の茶色い腕の、日に焼けて色が抜けた産毛が金色に光っている。体育の授業では、彼女はよくボウ青年に厳しい調子で話しかけていた。彼は動きがのろくて不器用だからだ。だが今は、愛想のいい口調で声をかけてきた。

「あら、ボウ君、そんなもので何をしてるの？」

青年は頭のなかで言葉を組み立てようとけんめいに努力した。この草は手でなでてやるとやわらかな毛皮の猫になって、身をくねらせるのだと説明したかった。

体育の女性教師は、彼が言おうとしていることに耳を傾けはしなかった。患者たちの言うことに耳を傾けるのは、このクリニックの流儀ではなかった。そんな時間はないのだ。そのかわりに、彼女は手を差しだした。左手で自転車を支えながら、右手を差しだし、トーマス・ボウの手から草を取って、小径の上に投げ捨てた。いくつかの種が青年のジャケットにくっついていたが、彼女はきびきびした手つきでそれを払い落とした。

「そんなものはいらないでしょ」彼女は言った。「草なんて誰も摘まないわ。でもお花なら摘んでいいのよ、あなたがそうしたいならね」身をかがめてフランスギクを何本か摘み、青年に差しだした。「ほら、きれいじゃない?」彼女は完全に善意でそうしていた。

ボウ青年は、しぶしぶ花を受け取った。

「いらっしゃい」彼女は言った。「急がないとランチに遅れちゃうわよ」

そして自転車を押しながら、彼の横にならび、力強い足取りで歩いた。動く機械はシュルシュルと静かな音をたてながら、ふたりについてきた。

青年は手にしたフランスギクを嫌悪の目で見やった。彼らの黄色い目には、下卑たわけ知り顔の表情が浮かんでいた。体育の女性教師が見ていないときに、彼は花を下に落とし、茶色の靴で踏みにじった。

棟にはいると、彼は手洗い室に行った。コートがたくさん壁に掛かっている。トーマス・ボウはコートのそばの洗面台に近寄らないようにしていた。吊り下げられているいろんな形を見ると、深い猜疑心で満たされるのだ。彼は目の隅でじっとそれらを見つめ、手を洗っているあいだに何かに変わるわけではないことをたしかめる。出ていこうとしたとき、誰かが手洗い室にはいってきた。彼より二歳か三歳下のイタリア人だ。トーマス・ボウは顔をしかめ、急いで戸口に向かった。黒い小魚《ミノウ》のように落ち着きなく動きまわる目をしているサングィネッツリが好きではなかった。サングィネッツリの顔はけっして休むことがない。筋肉が皮膚の下で、罠にかかったネズミたちのように飛び跳ねたりよじれたりしている。

「おおつはよおおお《グーッドモーニング》」サングィネッツリが言った。にやにや笑う。わずかながら、英語の単語を知っているのだ。

トーマス・ボウは返事をせずに、急いでドアを開けた。イタリア人は甲高い口笛を吹いて引き止め、英国人の下腹あたりを嘲笑うような手つきで指さした。ボウ青年は気まずそうに見下ろした。ときどき、彼は社会の窓を閉めるのを忘れることがあり、そういうことがあったときに彼を叱りつける医師がいるのだ。だが、社会の窓は閉じていた。サングィネッツリが野次るような嘲笑の声をあげた。

廊下では、看護婦がひとり、職員室の戸口に向かっていた。ドアの前に女性がいるというのは、トーマス・ボウがよく慣れ親しんでいる状況だった。そういう状況が生じたときにどうしなければならないかを、医師たちから強く教えこまれていた。トーマス・ボウは礼儀正しく前に進み出て、ドアを開けた。にっこりと微笑んだ。やらなければならないことを自分がちゃんと知っていることがうれしかった。看護婦はにっこりと笑みを返した。彼に礼を言い、今日は調子がよさそうねと言った。それから戸口を抜け、ドアを閉めた。

「ボウ君といちゃついてたの?」そばを通りかかった彼女の友人が言った。

「あの子ってかわいそうなのよ」看護婦は言った。「本当に一生懸命に、言われたとおりにやろうとしてるんだから。それに顔もいいのにね。もったいないことよね」

「あたしはあの子を見るとぞっとするわ」友人は言った。「自動人形《オートマトン》が歩きまわってるみたいだもの。ロボットみたい。はじめてここにやってきたときにどんなだったかを考えると、薄気味悪いわ。それにいつもひどく不安そうにしてるし。絶対、以前のままにしておいてやるほうが、あの子は幸せだったと思うわよ。あの頭のなかでどんなことが起きてると思う?」

「そんなの、わかるわけないじゃない」看護婦は言った。

女性が通れるようにドアを開けてあげる機会がこれ以上ないのが、ボウ青年には残念だった。ホールにはいっていくと、患者のほとんどがすでに集まっていた。彼はうしろのほうのかたい椅子に腰を下ろした。誰も話しかけてこないので、ほっとしていた。ここには、作業室と同じ種類の音があった。たくさん集まった臆病な籠の鳥たちが発するような音、ときおりあちらこちらで起きるさえずりのような音が。ボウ青年は警戒しながら、あたりを見まわした。女性たちのきれいな色の服は目に快かったが、気は許せなかった。いつ何が突然襲いかかってくるかわからないのだ。いつどんな、定型からはずれ、対処法が彼にはわからないようなものが飛びかかってくるかわからない。敵陣のただなかで、彼は緊張して待ちうけた。

ベルが鳴り、当直の医師があらわれた。患者たちはぞろぞろと医師のうしろについて、食堂にはいっていった。テーブルの配置は毎回の食事ごとに変えられ、患者の席は名前の書かれたカードで示される。よく訓練された牧羊犬のような給仕係たちが、患者たちを巧みに椅子に誘導していく。大テーブルのところどころに配置されてまわりのようすを見張る、世話係と呼ばれる女性たちのとなりの席でないことがわかって、ボウ青年はうれしかった。患者たちは自分の席の前に立ち、医師がすわるのを待った。医師は室内を見わたして、全員が正しい席を見つけていることを確認した。それから、着席した。それが合図だった。患者たちが椅子を引き出し、床をこする大きな音が部屋いっぱいに響いた。

ボウ青年もほかの患者たちと一緒に着席しようとしたが、邪魔がはいった。彼がそうするのを妨げるものがあった。サングィネッリがウナギのようなすばやさで、ボウ青年と椅子のあいだにすべりこんだのだ。イタリア人の目は悪意に満ちあふれ、イカれたオタマジャクシのように左右にのたうちまわっていた。

「すまんが――おれの席だ」サングィネッリはやせた黄色い人差し指で名前のカードを指した。

「ちがう」トーマス・ボウは、眉をひそめて言った。彼は怒っていた。いじめられ、責めさいなまれたのだ。それを我慢するつもりはなかった。彼は椅子の背もたれをつかんだが、サングィネッツリはすでにどかりとすわっていた。今は全員が着席していた。給仕係とボウ青年をのぞいてみんなが。

ふたつ離れた席にいる世話係がこの状況の責任者だった。彼女の髪にはきっちりときつく、規則正しいウェーブがかかっていた。

「あなたの席はここよ、ボウ君」彼女は友好的な声で言った。彼女のすぐとなりに、空いている椅子があった。

「ちがう」英国人はのろのろと言った。「ちがう」彼は眉間に深くしわを刻んだ。「ぼくのカードはここだ」

イタリア人が笑い声を炸裂させた。彼は勝ち誇ったように自分の前のカードを見せびらかした。そこにはサングィネッツリの名前が書かれていた。世話係は目を下に向け、自分のとなりの席のカードを見た。たしかにトーマス・ボウの名前のカードだった。

「こっちに来なさい、ボウ君。あなたが間違ってるわ」さっきよりきつい声で言った。

ボウ青年は、彼女の声の険しさに気づいた。おとなしく移動して空いている椅子にすわり、膝の上に大きくナプキンを広げた。そうするように習ったとおりに。前に置かれたものを食べながら、注意深く左右の人々に目をやり、みんなと同じナイフやフォークを使っているか確認する。食べているあいだずっと、彼は怒りと悲しみとまどいを感じていた。さっき起きたことが、彼には理解できなかった。彼の名前のカードはあそこにあった、彼ははっきりと見たのだ。でももう一度見たときには、サングィネッリの名前が出現していた。部屋いっぱいの人々の前で、サングィネッリは彼を打ち負かした。そんなのは不公平だ。テーブルの周囲に笑い声があがるのを、あのとき彼は聞いた。彼の心は悲しみと恥辱でいっぱいだった。イタリア人青年はときおり、盗んだ席から前に身を乗り出して、ボウ青年ににやりと笑いかけた。勝ち誇っているのは、カードを取り替えるところを誰にも見つからなかったからだ。

昼食後、患者たちは運動場に出ていった。いろんなゲームが準備されていた。ボウ青年は、いちばん簡単なゲームに参加するよう指示された。大きな木の球を投げて、ちょっと離れたところにある小さな木の球に当てるゲームだ。ボウ青年にはそのゲームが理解できなかった。なぜ球のうちいくつかは茶色で、いくつかは黒いのかもわからなかったし、なぜプレイヤーがもうひとりより先に投げるのかもわからなかった。彼はつややかに光る大きな球を手に持って立ち、投げろと言われるまで待っていた。ゲームのことなど考えてはいなかった。考えているのは、つくりかけの豚革のベルトのことだった。彼には、あのベルトが友だちのように思えた。あのひんやりした革の感触だけが、彼の心のなかの怒りと痛みをなだめることができるのだ。

彼が投げる番が来た。ほかのプレイヤーたちがするのを見たように、片手で球を掲げ持った。芝生の上にころがっている小さな球に、生真面目に狙いをつけるが、彼の球は思うようにならず、小さな球の向こうに飛んでいった。笑い声があがった。「チャンピオン！チャンピオン！」あのイタリア人の声が野次った。

トーマス・ボウはふらふらとゲームから離れていった。彼が離れていくのに、誰も気づかなかった。彼は作業室のほうに歩いていった。両手を草に向けて差しのべてみたものの、今はやわらかな毛皮のように彼の肌をなでてはくれず、針のようにちくりと刺した。歩きながら、作業室のドアが開いてくれていますようにと、心の底から願った。ドアは閉じていて、窓にはブラインドが下げられていた。

青年は作業室のドアの前の上がり段に腰を下ろした。彼は困惑して、不安げで、ひどく悲しそうに見えた。彼はどうしていいかわからなかった。ベルトはあのなかにしっかりとしまわれている、それが悩ましかった。彼がベルトを求めているように、あのベルトがひとりぼっちで彼を求めているのが感じられた。彼は目を上げた。雲がひとつ、太陽にかかっていた。今の不安をあの雲と分かちあいたかったけれど、雲はとどまってはくれない。青年は上がり段の上にやるせないようすですわり、ぼんやりと真上を見つめていた。

まもなく、話し声が聞こえ、ふたりの男が建物の角を曲がってやってきた。ひとりは定期的にこのクリニックを訪れてX線撮影をする技師だった。もうひとりは黒髪で、顎がひげ剃り跡で青々としている医師だ。ボウ青年はこの医師が怖かった。何ヶ月ものあいだ、この医師の毒針で恐ろしい眠りに陥らされていたからだ。

「やあ、こんなところで何をしてるんだい?」放射線技師がたずねた。

「ぼくのベルトを取りにきた」青年は答えた。立ちあがる。

医師が怖かった。罠にかかってまたあの悪夢でいっぱいの眠りにもどされないように、彼から離れたかった。

「きみのベルト?」放射線技師はわけがわからないようだった。

「彼は作業療法で革細工をしているんだ。きっとベルトをつくっているんだろう」医師が説明した。そして患者のほうに近寄っていった。「作業室は午後は閉まっているのを知らないのかね？」青年に言う。「今はレクリエーション・タイムだよ。みんなのところに行きなさい」親しみのこもった手つきで青年を押しやった。ボウ青年はぎょっとして飛びすさった。

「ぼくのベルトがほしかっただけ」彼は言い、離れていきはじめた。

ふたりの男は彼が去っていくのを見送った。

「彼はどんなに運がいいかわかってないんだ」黒髪の医師は言った。「われわれは文字通り、彼を生ける屍状態から引きもどしてやったんだ。あれこそ、この仕事に携わる者を励ましてくれるような症例だったよ」

ボウ青年は慎重に陽射しのなかを歩いていた。彼は自分がどんなに運がいいか知らなかったし、おそらくそれこそがかなり運のいいことだった。

眠りの宮殿

Palace of Sleep

病院の庭では、風が狂ったように吹き荒れていた。風はそこが精神病院のそばだと知っているようで、風ならではのとんでもないいたずらをひけらかしていた――最初にこっちから飛びかかったかと思うと、次には別のほうから襲いかかり、その次の瞬間には四方八方で吹き荒れるというような。吼え猛る風は看護婦寮の角の向こうからうなりをあげて飛び出し、瞬時に病院の建物の裏手をかきむしるようにまわりこんで、正面の中ほどで合流して二倍の衝撃となり、入り口に向かって急ぐシスターの頭からもう少しでナースキャップをひったくるところだった。がたがたと音をたててドアが開き、憤慨して青いコートのなかに縮こまった彼女の身体を招じ入れた。風もまた悪意をはらんで楽しむように建物に吹きこみ、ホールの奥まったところでぴたりとやんだ。そこで、ふたりの医師が話をしていた。

ひとりは院長で、自分の病院に押し入ってくる風の無作法な態度に憤慨するかのように、ぐるりを見まわした。年齢は六十五歳というところで、快活な赤ら顔に白髪の男だったが、鷹揚に風の闖入を見過ごし、しゃべっていた話を続けた。

「次の日の朝、行ってみたら、彼女はシーツを引き裂こうとしていました。だからわたしは彼女に言ったんです。静かな、友好的な口調でね、『そういうことをするのは少々愚かだと思わないかい？』すると彼女は稲妻のようにすばやく言い返してきましたよ。『ここで愚かなことができないんなら、いったいどこでできるのか知りたいものだわ』」赤ら顔に陽気な笑いじわの網目が広がり、幅の広い肩が笑いで揺れた。「なかなか気が利いてましたよ、そうでしょう？」

若い医師は礼儀正しく、つきあって笑った。彼は北のほうからの来訪者で、この病院内を案内されていた。彼本人は無口な性質《たち》で、この院長はここまで陽気であけっぴろげでなくてもいいのにと思っていた。ここまで陽気な愛想よさを見せられると、心のなかにいくばくかの不安が芽生えてくる。いくばくかの軽い不信感が。やせた敏感そうな顔をめぐらせると、しばし、反射的に目が相手の顔の上にとまった。その目に映ったのは、安心できるものではなかった。年配の医師の容貌には、そこはかとなく、うさんくさいと思わせるところがあった。髪はやけに白く、顔はやけに明るくにこやかで、表情は妙に楽観的すぎる。精神科医というよりは、田舎の教区牧師のように見える。

来訪者は腕時計に目をやり、おずおずと言った。「すみませんが、もうあまり時間がないんです。見せていただけるでしょうか、その、採算の取れる区画というのを――?」

「ええ、ええ。採算の取れる区画ね。もちろん、お帰りになる前にぜひごらんになっていただかないと。当院の個室病棟はきわめて自慢できるものですからね」

両開きのスイングドアがふたりの男の背後でがたがたと音をたて、襲いかかってくる風に、ふたりは首をすくめた。風が悪意と喜びをはらんで狂ったように飛びかかってくるなか、ふたりの男は、温かみの感じられない庭園をつっきる天蓋つきの通路を歩いていった。何も生えていない花壇の土は濡れそぼって真っ黒で、冬枯れしてわびしく見える芝草が風を受けて波だっている。葉を落とした木々は、文句を言いたてるようにむきだしの枝を打ち振っていた。

ふたりの医師は横に並んで、きびきびと歩いていた。熟慮型で控えめな性格の背の高いほうは風の猛攻を受けて身をすくめ、白髪を風になぶられている、いかにも人の好さげな顔つきをしているほうはこの荒天をも容認してやっているかのようだ。

戸外での風の騒乱のあとでは、細長い煉瓦造りの建物のなかは真空のように静かに感じられた。ドアからはいったところで、院長はしばらく足を止め、美しい白髪を指でなでつけた。軽く息を切らしている。

「ようこそ、眠りの宮殿へ」にこやかな笑みを浮かべて言った。愛想よく笑いながらしゃべっているのは、ちょうど若い看護婦が通りかかったせいでもあった。「この翼棟の患者はみな、一時的、もしくは長期的な昏睡にはいっているんです」若い看護婦がたくさん並んだドアのひとつの向こうに姿を消すと、院長はいっそう自信に満ちた口調で続けた。

広い廊下は殺菌されたように冷ややかに白く、左側にはずらりとドアが並び、その反対側には窓が並んでいる。窓は高いところにあって鉄格子がはめられ、稀釈された光が白い塗料の上に雪の反射のような青みがかった輝きを与えている。床には音を殺す灰色のゴム材が敷かれており、高い窓の下の壁には、手すりが取り付けられて、廊下に沿ってのびている。

廊下のずっと先のドアがひとつ開いていて、看護婦がひとり出てきた。赤いガウンを着た婦人を介助している。患者の身体は左右に揺れ、看護婦がしっかりと手をつかんで手すりに誘導しているというのに、よろめいていた。頭はぐらぐらと左右に振れ、大きく見開かれた目は酔っ払いのそれのように焦点が定まらず、鈍くうつろで、青白い顔から外界を凝視している。無秩序に突き立っているような乱れた黒髪の下の顔は奇妙にむくんで、つるりとして見えた。制御不能というようにぎこちなく動く羊毛《ウール》のスリッパをはいた足が、長いネグリジェの裾にひっかかってつまずき、患者の全体重が看護婦の支える腕にかけられた。

「しっかり立ってよ、トプシー」研修生の看護婦は感情を殺した忍耐強い声にほんのわずかにいらだちをにじませ、聞き分けのない子どもに言うように話しかけた。患者を抱え上げるようにしてまっすぐ立たせ、ふたりは苦難に満ちたトイレへの道行きを続けた。病気の婦人はよろめきぐらつき、うつろな目を見開いて前を見据えている。看護婦は注意をしながらも心ここにあらずといったようすで、口のなかでダンス曲を口ずさんでいた。

「あの患者はあと一日か二日で治療を終えますよ」院長は来訪者に言った。「もちろん、彼女は昏睡期間中に自分の身に起きたことは何も覚えていないでしょう。今は彼女、意識がないも同然なんですよ、でもどうにか歩かせることはできるんです」

廊下をずっと歩いていきながら、院長は専門的な説明を続けた。若い医師は耳を傾け、いくぶん機械的に受け答えをした。彼の目は、今見たもののせいで困惑し、悩ましげな色をたたえていた。

ふたりの医師が通りすぎようとしたドアが開き、赤ら顔の院長は足を止めて、出てきた看護婦に話しかけた。看護婦が持っているエナメルのトレーにかけられている布の下から、パラアルデヒドの吐き気を催させる悪臭が漏れ出ていた。来客が反射的にひるんだのに気づき、院長の顔がくしゃりと笑いじわに隠れた。

「われらが特産品の香りはお気に召しませんかな？　ここではパラアルデヒドの臭いには慣れきってしまって、もはや気づきもしませんよ。患者のなかには、この臭いを本当に好きになってきたと言う者もいます」

ふたりはその部屋にはいった。まったく同じ、胸の悪くなる悪臭が濃厚にたちこめていた。棺の覆い布のように、左右対称にぴんとまっすぐ引きのばされた白いベッドカバーの下に、若い女性が寝ていた。目を閉じて、まったく動きがない。枕の上に淡い色の金髪が広がっている。青ざめた顔は完全に生気が失せ、空洞のようだ。肌にはつやのない奇妙ななめらかさがあり、眼窩は黒いくまに囲まれている。院長はベッドのわきに立ち、このすでに人間らしさをすっかり失い、早ばやと死に自らを明け渡しているように見える姿を見下ろした。院長の顔にはひとり悦に入った、いかにも満足げな表情が浮かんでいた。自分の仕事ぶりに満足しきっている男の顔つきだった。

「この女性は今は八時間、動かずにいます。それから身体を洗ってもらい、食べさせてもらえる程度に意識をとりもどし、そのあとまた八時間の眠りにはいるんです」

来訪者もベッドに近寄り、その女性を見下ろしていた。この動かない姿――彼のとぎ澄まされた感受性には、言葉では言い表せない苦しみのオーラに包まれているように見える身体を見て、どういうわけか、彼の心に少しずつ積み重なってきた漠とした悩ましさが確たるものに変わった。

「神経症患者にここまで強烈な治療法を施すことに、手放しで賛成するとは言えませんね」医師は言いかけた。と、そのとき突然、まったく動かなかった個性の失せた顔に細かな震えが走り、黒い影に沈んだようなまぶたがわななないた。医師はぞっとするような思いに駆られながらも、魅了されたように見守った。耐えがたいまでの測り知れない努力を要しつつ、ゆっくりと、薬漬けにされた目が開いて、彼の目をまっすぐ見つめるのを。それは気のせいだっただろうか、それとも本当にその濁った灰色の目のなかに認めたのだろうか――恐怖の表情を、必死の哀願、死にもの狂いの底知れぬ懇願を?

「もちろん、意識はないんですよ」院長は慈悲深い声で告げた。「そうやって目が開くのは純粋な反射です。実際にはわれわれが見えてはいないし、われわれが言っていることも聞こえてはいません」

白髪の男は牧師のような笑みを浮かべながら背を向け、開いた戸口に向かった。もうひとりの医師は悪臭漂う部屋のなかで何秒間かためらい、患者を見下ろしていた。その焦点をもたない目から視線をはずしたくないという漠とした思いに囚われながら。やがてとうとうそこを離れたとき、彼は不安と、ほとんど恥ずかしさに近いものを感じていた。そして、この病院を訪ねてこなければよかったと思った。

誰か海を想はざる

Who Has Desired the Sea

晩秋の太陽がその病室にはいりこんできたのは、午後二時ごろだった。遮光カーテンの縁からゆっくりと忍びこんでくる太陽はさして強いものではなく、そのため、窓ぎわのベッドにたどりつくまでに長い時間がかかっていた。

服を着たまま、その男はベッドに横たわり、太陽がよろよろとからっぽのベッドからその次のからっぽのベッドへ這いのぼり、病室を横断していくさまを見守っていた。光の剛毛が、折りたたまれた暗色の軍用毛布をこすりながら進んでゆくのを。鉄製のベッドの枠組みをすべて調べ終えると、太陽はその向こうにすべり下りてゆき、床の上に長々とのびて横たわった。床はよく磨かれてつややかに光っているが、太陽が横たわっているところでは、埃の薄膜の存在が暴かれている。床の上の薄白い太陽の表面を何本か影の縞がよぎっているのは、窓に細長い紙の帯がいくつか貼りつけてあるからだ。これ以前の日々の午後にも気づいたように、男は気づいていた――その何本かの横線が牢獄の鉄棒の影によく似て見えることに。その連想が漠然とした不快感をもたらし、ぼんやりした不安がそれまで考えていたことを乱した。何にせよ、あの紙には何の意味もないのだ。そう彼は考えた。この近くのどこかに爆弾が落ちたとしても、ガラスが砕けるのをあの紙で防げるわけじゃない。

頭を窓に向けると、不安が消えた。窓そのものの上では、紙の帯は透きとおった蜂蜜の色に見え、もはや牢獄の鉄棒を思わせはしなかった。

窓の外には、木々と芝生の公園が見え、そこをゆるやかにカーブしながらつっきる道が見てとれた。その道のわきに、矢印の形をした白い看板があり、この病院を指している。矢印には、〈神経症治療センター〉という言葉がペンキで書かれていた。背の高い木々はすっかり葉を落とし、黒い枝が風に吹かれておごそかに、それでいて繊細に揺れている。その下の短い芝生は、落ち葉のせいでところどころ金色がかった茶色に見える。夏には、気持ちよい英国らしい景色になるだろうが、今は死にゆく秋の落ち葉と海風のせいで、荒涼とした雰囲気が漂っている。

ベッドの男はわかってはいた。本当はほかの患者たちと一緒に行動するべきだということを。患者たちの大半は戸外を歩きまわっている。カーキ色の厚手のコートの下から明るい色の病院着のズボンをはいた脚をのぞかせながら。本当は起き上がって、規定どおりにボタンを全部留めてベッドの横のフックにきちんと掛けられた自分のオーバーコートを着るべきなのだ。それが自分のやるべきことだとわかってはいた。だが、わかってはいても何にも繋がらなかった。わかっているということが、直接彼を動かすことはないようだった。何か、ガラスのようなものが彼とのあいだにあり、彼をそこから遮断していた。彼は静かに横たわり、窓の外を見ていた。

この日は出入許可日で、昼間の面会や訪問が許されていた。外の兵士たちのなかには、民間人を帯同している者たちもおり、友人や血縁者たちと一緒に午後をすごすために、外に出かけていく。腕を組んで歩いているカップルも何組かいたし、落ち葉を踏んでよちよち歩く子どもを連れた家族連れもいた。面会者のいない者たちのほとんどは、きびきびした足取りで、店や映画館に通じる道路に向かって歩いていく。そしてところどころで、ぽつんと孤立した患者がのろのろと歩いている。頭を垂れ、地面を見つめて。もしくは、自分がどこに向かっているのかもわかっていないように、あてどなく芝生の上をうろついている。

病室の男の目の前で、戸外に散らばっている人々の動きは、くねるように揺れる枝や空の高いところで円を描いて飛ぶカモメと同じように、彼とは無縁のよそよそしい模様を描いている。

男は青い、遠くを見るような目でそれらを見ているが、意識を向けているわけではなかった。彼はまったくちがう何かを、というより誰かを探していた。量が多くごわごわした茶色の髪をもち、片方の頬に小さな傷痕のある若い男を、彼は探していた。長いあいだずっと、その若い男を探していた。その若い男を見つけることが、絶対に必要なのだ。ベッドの男には、どうして自分が、孤独で不確実な人生を送ることになった自分が、そのひとつのことだけをそれほど確信しているのか、わかっていなかった。まったく理解できていなかったが、それを疑問に思うこともなかった。ただ、その男を見つけることが自分にとって絶対に必要だという、完璧な確信があるだけだった。そのときようやく、彼はあのガラスの外側に出ていくことができるだろう。

太陽が弱々しく病室のなかを這い進んでいく。男は手をのばし、太陽のなかに自分の手を差しだした。褐色の力強い指をもつ手の甲に日光があたるのが見え、かすかなぬくもりが感じられた。日光を感じたしそれを見てもいたが、それはやはりガラスの向こう側にあり、本当に彼に触れているわけではない。少しして、彼はふたたびかたわらの毛布の上に手を落とした。ガラスのことをうっとうしく感じたり、失望したりするわけではなかった。もう慣れていた。奇妙なことに、どんなことにも慣れてゆくものだ。ガラスの独房のなかで生きることにすら。

彼の前に、時計の画像が漂っていた。彼のおばのひとりが持っていた電気時計だ。真鍮製で、なかの仕掛けがすべて見える。ガラスのドームのなかに時計の中身がおさまっていて、ねじを巻く必要もない。幼い子どもだったころ、彼にはそれが恐ろしくもあり、魅惑的でもあり、悲愴とも思えた。その振り子が必死で左右に振れて、振れて、振れつづけているのが。透明な墓のなかで永遠にさらけだされ、動かされつづけているのが。

一陣の風が窓をがたがたと揺らし、その時計を何千マイルも遠く、何千日も昔のマントルピースの上に吹き飛ばしてもどした。ベッドの男は風のなかで波の音を聞いていた。海はずいぶん遠く離れていたが、ときおり海岸の岩場にあたって砕ける波の音が聞こえた。今、いつも海を意識したときに起きるのと同じように、漠とした不安で落ち着きが失せ、ひたいに不穏なしわが刻まれた。

今は、見張りに集中することができなくなり、不安の裏に恐怖が生じていた。今、もしあの若い男がそばに寄ってきても、気づかないかもしれない。海の音が彼の気を散らし、寝ずの監視を妨げていた。

風がふたたび絶え、うるさい波の音はもはや聞き分けがつかなくなっていた。患者たちが全員外出許可をもらって出払っている今、病院は不自然に静かに思えた。足音や人声、ドアの開け閉めの音といった、通常は意識にのぼらないひそやかなざわめきがないことが、かえって耳障りに感じられる。

男は身体を動かすことなく、頭だけを窓の反対側に向けて、誰もいない病室を見通した。太陽は今や腰板に達しており、壁をよじ登りはじめていた。もうすぐ彼のコートをつかまえてその上によじ登り、天井まで上っていくだろう。それから完全に行ってしまい、病室をどんどん濃くなっていく影のなかに置き去りにするだろう。だが、そうなる前に、彼自身が尽きるだろう。やらねばならないことがあった。午後の太陽がまだ輝いているあいだに、彼の手でやらねばならない、途方もなくむずかしいことが。それは彼にはできそうにないことだった。あまりにむずかしすぎる。やるのは不可能だ。だが、どうしても彼がやらねばならない。彼にはこの不可能なことをなしとげる義務があるのだ。はじめから失敗すると決まっているそのこころみを避けることは許されないのだ。彼らがこの病室にやってきて、それをさせるために彼をさらっていくだろう。

だからこの最後の数分間、彼はすべての注意を傾けて、あのぼさぼさした濃い髪と小さな傷跡をもつ若い男を待たなければならない。だから、いよいよというときが来た際に何もかもがちゃんと正されることを願わなくてはならない。海は静かだから、彼はもはや不安ではない。そして不安と落ち着かない気分が消えたので、彼が感じるのはただ、あの若い男があらわれるはずだという切望で、それで頭がいっぱいになる。もうすぐやらなければならない困難なこころみは、今はまだ遠くに感じられる。ちょっと前にはさし迫ったことのように感じられていた。だが今は、あのガラスがそれを締め出している。奇妙なことに、ガラスのおかげでそれはぼんやりとかすみ、切迫感を失っていた。

やつが今やってきさえすれば、と男は考えた。病室の向こう端まで目をすべらせ、ドアを見つめる。あの傷痕のある若い男がやってくるのは、まわりに誰もいないときだろうと、彼はずっと感じていた。おそらくやつは何か内緒ごとを告げにくるのだ、だからあたりが静かなときにやってくるのだ。そう、今この場所には誰もおらず、じゅうぶんに静かだ。

だがそのとき、あのガラスの内側で、振り子が狂ったように振れはじめた。振れて、振れて、彼の頭を混乱させる。ガラスの内側で、たくさんの画像と混乱がひしめきあった。今、遠くのほうにマイランギ（訳注―ニュージーランドの湾の名前）の浜辺が見え、あの若い男がそこに立っている。水着を着て、こんがりと日に焼けて。頬の小さな傷痕は八歳のときに水にもぐって泳いでいて、岩についた牡蠣の殻で切ったものだ。それが彼に見えているもののひとつで、ほかには、遠景にケープ・プロミスとその他の諸島、シュガーローフと〈ザ・ノイジーズ〉諸島、ペンギンたちがいる小さな島々、そして死火山の島が見える。南方の強烈な太陽が小川に沿ってワトル（訳注―オーストラリアの国花）を燃えあがらせ、黄色い火のように見せている。クリスマスどきのマイランギでは、太陽はしごく強烈で、朝バンガローを出て、浜辺に駆け下りて泳ぎに行くときも、ものの数秒で目が痛くなる。そこではボートを引いて、足の裏についた貝殻をくっきりと暖かく感じながら、暖かい砂の上を行き、グレート・バリアー島までおなじみのすばらしい釣り旅行に出かける。水はカウリ樹脂（訳注―ニスの製造に使われる）のようになめらかでかたまっているように見え、サファイアのように青い。そして彼は思い出す――ナイフのようになって飛びこんだときにしぶきもあげずにすっぱりと割れる水面を。

だがそれから、水面が重なりあって荒れ模様になり、ちがう色をしたちがう海になり、その空にある何かを彼は見ている。チビ野郎が彼に訊く、あれはＦＷか？　彼はつきつけられた銃の向こうの空を見上げて言う、「いや、あれは護衛機だ」まだＦＷの射程にははいっていない。チビ野郎は銃を向けたほかの若造たちに向かって言う、「いや、あれはこっちの友軍機だ」まだ射程にははいっていないので、ほかのみんなも言う、「あれはきっと護衛機だ」だがそれはたしかにフォッケウルフ（訳注―ドイツ製の戦闘機の名前）で、不吉な水面に機銃掃射を浴びせ、タンカーの甲板がねじ曲がり、木っ端微塵にはじけ飛び、どろどろになり、爆発炎上して、彼らを水面にたたきこむ、そして彼は思い出す――真っ黒な水がせりあがってそそり立ち、それから氷のように冷たい水の千トンもの重みがクジラのように、氷のごとく冷たい殺し屋の怪物のように、上からたたきつけてくるのを。

そして今、不意に何もかもが消え、透明な殻のなかの骨組みだけになる。真鍮の横隔膜と背骨、いくつもの歯車とはじけやすいばねがからみあう、うつろな男。血もなく、心臓もなく、頭もない。頭の場所では、狂ったように振り子が振れているだけ。

「どうしてここにいるの？　気分がよくないの？」看護婦が病室にはいってきながら、言った。

「大丈夫だ」男は言った。彼女を見た、やってきたのがこの看護婦、かなり美人であまりうるさいことを言わず、あれこれ質問してこない看護婦なのがうれしかった。

「面会者があるってこと、忘れたんじゃないでしょうね？」看護婦は言った。「あなたの婚約者《フィアンセ》が来てるの、本当に忘れたりしてないわよね？　今、階下《した》にいるのよ、あなたはそこに会いにいかなきゃならないの。今日が面会日だってこと、忘れてたの？」

それなら、と男は考えた。これがそのときか。今、来たのだ、あの不可能なことをやるべきときが。一秒ほど、胸がむかむかしたが、その一瞬はすぎ、彼はあのガラスのうしろでまったく何も感じなくなった。

「いや、忘れちゃいない」彼は言った。

両脚を振るようにしてベッドから出ると、やせた長身ですっくと立ちあがり、掛けていたコートを取った。そのあいだに看護婦は枕をまっすぐに直し、それから彼について病室の端に行き、彼が洗面台の蛇口の水で櫛を濡らし、頑固にはねる茶色の髪をのばすあいだ、じっと待った。彼の髪はいくら水やポマードをつけてのばしても、けっしてぺたりと寝ないのだ。

看護婦がじっと見ているのを見て、彼は言った。「これは一種の実験なんだろう？　おれがノラとどういうふうにうまくやれるかを見るための、な」

「ノラさんに会うのはあなたにとっていいことだと医師《せんせい》は考えてらっしゃるのよ」看護婦は言った。「だから今日、ロンドンからこっちに来ていいって、ノラさんにおっしゃったの。ノラさんにとって、そう簡単にできることじゃないのは、あなたもわかってるでしよ。彼女はずっと、あなたのことをひどく心配してるのよ。あなたしだいなのよ、すっかりよくなりそうだってところを見せるかどうかは」

「ああ」彼は答えた、ガラスのなかから。

今、ふたりは階段を下り、待合室の戸口の前にいた。看護婦がドアを開けて、一歩さがり、彼は室内にはいっていった。室内には、窓の近くに若い女性が立っているほかは、誰もいない。彼女がさっと笑みを浮かべ、ハイヒールを鳴らして駆け寄ってくるのを、彼は見守った。またもやあの絶望的なこころみ、やらねばならない困難な仕事のせいでうつろなむかつきを感じながら、心のなかで考える。本当におれはこれをやらなければならないのか？　この不可能事をなしとげようとするのは、絶対に必要なのか？　だがその一瞬はすぎ去り、頬に彼女の吐息と軽いキスを感じるあいだに、それは終わった。彼はガラスの独房のなかにいた。そこは静かに思え、まったく何も感じなかった。

「気持ちのいい午後よ」ほどなく、若い女性は言った。「ちょっと散歩に出ない？」

「いいとも」

彼女はちょっと神経をとがらせていた。ふたたび彼を知る作業をどのようにはじめればよいのかわからないのだ。彼ののんびりした歩きかたや、広々とした戸外にいるのがどんなに好きだったかを思い出しながら、彼と並んで街や映画館から遠ざかる方向に歩いた。街や映画館なら、彼女はくつろげただろうに。

本当にかわいらしい娘《こ》だ、と彼は心を貫く漠とした痛みとともに考えたが、その痛みはほとんど感じる寸前に消えていた。彼が気の毒とすら感じられないのは彼女のせいではない、なぜなら彼女が彼のもとに来たときには、彼はもはやそこにいなかったからだ。つゆほども、彼女のせいではない。彼がうつろな存在だと、どうして彼女にわかるだろう。ケースのなかで動く歯車と振り子だけの存在だと？　あの頬に傷痕のある若い男を見つけていないから、彼はガラスの向こうの彼女のもとに行くことができないのだ。

希薄な陽射しのなか、病院の敷地を出て歩きながら、彼女は男に話しかけていた。太陽はどんどん低くなってゆき、ふたりの歩いている丘陵地帯の上に広がる空の低いところを数羽のカモメが飛んでいる。男はその空と自分のあいだにある彼女の顔を見た。彼女は彼のほうに顔を向けて歩いていた。沈みゆく太陽がきれいに白粉をはたいた顔を照らしており、彼女がけんめいに彼の心に触れようとしているのが見てとれた。丘のてっぺんのすぐ向こうで海がたてている音を、男は聞いた。

「もうだめだ」男は足を止めて、言った。「これ以上先には行きたくない」

彼女は驚いて男を見て、言った。「海を見たくないの？　もうここまで来てるんだから、あのてっぺんまで上がれば、海が見えるわよ。もう、すぐそこよ」

男はまたもやいやな感覚が押し寄せてくるのを感じたが、今回はむかつきではなく、突然沈みこむような空虚感だけだ、ちょうど小さな船が突然がくんと傾いて横揺れするときに感じるような。そこで彼は、船が衝突して固定していない物体がばらばらとすべり落ちてくるのを待ち受けた。だがあるのはただ、風とカモメと丘のふもとに打ち寄せて砕ける波の音だけだ。その一瞬がすぎ去り、彼はふたたび歩きはじめ、斜面を上っていった。なぜなら本当はたいしたことではなかったからだ。たいしたことなど何もない、と彼は考えた。ガラスの内側にいるあいだは、何も彼に触れてはこないからだ。

「いいとも」彼は言った。「行って海を見よう」

そして本当に、海を見るのはたいしたことではなかった。まったく簡単なことだった、夕暮れの空の下、ライラック色の羽毛のような陰翳を帯びた、波立ち騒ぐからっぽで青白い海を見るのは。断崖の根元の岩にあたって砕ける波を見てしまったことを除けば。丘陵地帯の上の小径をたどって導かれてきたそこは、きわめて高い断崖だった。娘は海を見晴らし、微笑んでいた。短い髪の毛を風が顔のうしろになびかせている。

「これだけ高いところって気分がいいわよね?」彼女は男に言った。

「ちがう」男は言った。「この海じゃない」

そして、彼が言ったことのせいで彼女の顔から微笑みが消え、当惑と悲嘆と理解できないという表情があらわれるのを見た。何か説明しなければと考えたが、それは不可能だ。なぜなら、説明しようにもそこには左右に振れている振り子以外何もないからだ。

それと同時に、明るい陽が射している断崖の上の裸足の少女たちを、彼は見ていた。たぶん彼の妹たちで、粗いたてがみをなびかせているポニーに鞍をつけずに乗っている。少女たちの褐色に日焼けした脚の金色に輝くうぶ毛が見え、たびたび呼びあったり笑ったりする甲高い声が聞こえた。

「お兄ちゃんはいつだって海が大好きだったよね」少女の声が言っていた。

そう、その海は彼がずっと熱烈に愛していた海だ。だがほかの海たちはどうなっただろう？　あのサファイアのような青をした深い海、浜辺にすばやく打ち寄せる透明な小さな波たち、海面下に沈んだ岩礁だらけの紫色の半島たちは？　今、彼は思い出す——燦々と日のさす青い海を颯爽となめらかに突き進むヨットと、その側面を満足げにたたく波を。彼は思い出す——タンカーの舳先でふたつに分かれてゆく広大な海、巨大で重厚でクジラの色をして、躁病にかかったようなしつこさでいつまでも突き進む海、がくがくと激しく揺れる甲板、キャットウォークの上にいつまでもいつまでも打ちかかっては砕ける水。そして一瞬、彼は思い出す——日の出どきに銃座について飛行機を落としたときのことを、そして一瞬、彼はあの得意満面で勝ち誇っている若い射撃手で、海はピンク色に染まりながら、銃の照準の向こうの忘却のなかに突き進んでゆく。それから彼は思い出す——そのあとにやってきた恐怖、氷のように冷たい、喉を絞めつける悪魔のような大量の水、水面で燃え盛る油と燃え盛る海から叫んでいるチビ野郎の恐ろしい光景。それから、ふたたび冷たい暗黒がいすわり、彼は自分がそうしたことを知っていたのかどうかも、彼らがどうなったのかも思い出せない。

今、彼が注意を向けなければならないのは、休暇で都会に出たときに出会ったこの都会育ちの娘だ。彼女は見映えのする娘だ。そしておそらくこのガラスに取り巻かれる前には、彼はこの娘に何か感じていたはずだ。だが今あるのはただこの不可能なことだけだ、とてもできそうにないこの困難な仕事だけ。何かを説明するべきだということはわかっていた。彼女は彼にやさしく親切にしようと努めている。だが彼は知っている、その不可能なことはけっして実行できないと。ちょうどそのとき、カーキのコートの下で自分が震えていることに、彼は気づいた。

「どうしたの、レニー?」彼女がたずねた。

「どうもしない」彼は言った。「じっと立っているのは寒い。街にもどってお茶を飲もう。海から離れよう」

「もう海は好きじゃなくなったの?」彼女が訊いた。断崖から離れていく彼を見つめ、唇を噛みしめて。

「ああ」男は言った。「そうだ。嫌いだと思う」

だが、ガラスの内側に漠としたうつろな冷たさを感じながら、海から離れつつある今、残されているものはまったく何もなく、たいしたことなど何もなかった。

「海を見ても何も感じない」男は言った。「おれは何についても何も感じない」

街にもどる途中で、彼女は男の腕をとった。ふたりはしばらくそうやって歩き、男はやらねばならない困難な仕事のことを考えた。実行はできないだろうと、ずっと前からわかっていた。だがそれでもこの途方もない仕事をしなければならないし、それをやりたかつた。それをすることが彼の務めなのだ。だが、それは不可能だとわかっていた。今それをやってみることはないだろうと。まもなく彼女は腕をはずして、スペンサー・トレーシー（訳注―俳優の名前）と一緒に写真を撮った話をはじめた。

喫茶店にはいって一緒に腰をおろしたときにはすでにもう薄暗くなっていて、あちこちでランプが灯されていた。困難な仕事をやらないまま放棄したという痛みのほかは、何の不安もなく、濃いお茶を飲む。娘がお茶を注いでくれ、そのぬくもりが全身に広がっていき、夕暮れと海風にあたった身体がくつろぎはじめるのが感じられた。ウェイトレスが灯火管制のため明かりに覆いをかけていくあいだ、ふたりはお茶を飲み、覆いをかけ終わるころには外はもう何も見えなくなっていた。戸外で何か、荒海のように轟く音がした。男はびくっとしてお茶を受け皿にこぼした。

「ここのすぐ前にバスが止まるのよ」娘が言った。「市場があるから、バスは全部ここで止まるの」

「薄汚い通りだ」男は言った。またもや、あの邪悪なむかつきを感じ、コートの下でふたたび身体が震えているのに気づいた。すると、これが今自分が生きているありかたなのだ、バスが近くに止まったせいでぎょっとしてうろたえるのが。とまれ、そんなふうに生きつづけるつもりはなかった。そういうのはあまりよくない。彼を救うことのできるあの人物はあらわれなかった。おそらく、この先もあらわれることはないだろう。でも、きっと何かほかの道があるはずだ。ほかの道があることはわかっていたが、今のところはそれが何なのか考えることができなかった。もうすぐ頭によみがえってくるだろう、あと少しで出口が思い出せるはずだ、とるべき道が。

「大丈夫なの?」娘が言った。テーブルの上に両腕をのせ、彼のほうに身を乗りだしている。

「もちろんだ」

「そのケーキ、食べたら?」

「そうする」

ケーキは乾いてぱさぱさだった。噛んだあとも口のなかにためておき、お茶をがぶりと飲んで、ようやく吐き気を催さずに流しこむことができた。

カップががちゃんと音をたてないように、注意して受け皿にもどした。娘が指先で男の手に触れた。

「もうわたしのことも好きじゃないんでしょ?・」彼女は言った。

「説明できない」男は言った。「どうしようもないんだ」

今は喉と肺にむかつきが押し寄せてきていた。そのむかつきが喉を絞めつけるのが感じられ、またしても水深四マイル(訳注―約六・五キロメートル)の冷たい氷のような恐怖――むかつきの、それとも海水の――のなかに溺れそうになっていた。娘を見ると、彼女は泣いていた。

「むだだ。おれにはどうすることもできない」男は言った。

それから、椅子をうしろに押してすばやく立ちあがった。なぜならちょうどそのとき、壁に掛かっている鏡のなかにあの若い男の顔を見たからだ、風に乱されたごわごわした髪と頬骨の上の小さな傷痕を。鏡のなかでその顔が動いたが、あたりを見まわしても店内のどこにもその顔は見えず、声を出そうとするとむかつきに喉をふさがれ、今、男は冷たい氷のようなむかつきを追い払おうとするが、むかつきはクジラのような波となって何度も何度も彼の上になだれ落ち、彼を打ち倒して溺れさせようとする。彼は窒息しかけながら立ったまま凍りつき、動くことも息をすることもできず、娘が言うのを聞いた、「どこへ行くつもり?・」すると突然動けるようになり、彼は喫茶店から出た。

通りに出たときにはもう夕暮れで、人の顔の見分けがつかないほど暗かった。やつがどっちに行ったかわかったとしても、やつを見分けるのは無理だ。そう考えながら、暗い街路を急ぎ足で歩き、暗いなかですれちがう見知らぬ人々をじっと見る、彼には目もくれずにすれちがう人々を。一度バスがうなりをあげて通りすぎ、焼けついた機械油の臭いがして、またもやむかつきが襲ってくるのを感じたが、無理やりそれを押しもどし、いっそう足を速めて歩く。だいじょうぶそれでいい、彼はただの、目的なく暗闇のなかを歩くうつろな男にすぎない。一度見知らぬ人にどこへ行くのかと訊かれたが、立ち止まることなく歩きつづける、その答えを自分が知らないと考えることもなく。そして暗闇のなかのどこか遠く離れたところで一度、何かの痛みを一瞬おぼえた、あの娘がひとり残されて泣いているがゆえの痛みを。けれどもそれは瞬時に消える。

やがて彼は街を出た。月が昇ってきたが雲のうしろなので、闇が薄れた程度にすぎない。やがて彼は草の上を歩いている。丘陵地帯のどっしりとした黒いこぶが並ぶのが見え、昇ってくる月の光を受けて塔や要塞や狭間胸壁の形に彫刻された雲が見える。そして最初に海の匂い、それから音。そして断崖と、その下の冷たく騒々しく落ち着きのない水。

男はもう急ぎはせず、静かに立っていた。今はひどく疲れて、分厚いコートの下で汗をかきながら、空を見上げていた。空に、ゆっくりと開いてゆく扉から漏れ出る光のように、白い輝く扇が広がっていくのが見え、月が雲から出てくるのがわかった。彼は海を見渡した。島のように見えるものが散らばっている。と、渡り鳥の大群があらわれて空気が重くなり、彼はなだれこんできた翼のただなかにいる。すばやくはばたくたくさんの黒い翼に取り巻かれ、落ちてゆくときのようなめまいを感じる。月が消える。それからふたたびあたりは澄みわたり、まばゆい月光に包まれる。そして前方に、真昼のように明るくはっきりと、あれらの小さい島々が、ケープ・プロミス、マイランギの湾が、満月の下で大きく広がる、静かに、信じがたいほど平和に満ちて。そして彼はたしかに知った、自分がどこに行こうとしているのかを。

度忘れ

The Blackout

「何が起きたのか、何も思い出せないんです」少年は言った。「度忘れしたみたいな感じです」

寝椅子《カウチ》に横たわっているか細い身体を不安げによじり、一瞬、顔が――兵士の顔というにはあまりに呆然とした、やさしげでもろそうに見える顔が、かたわらにすわっている医師のほうに向けられた。それから、少年はきわめてすばやく、顔をそむけた。

医者にしちゃシケて見えるやつだな、と思ったのは、肩のわきで組まれたすりきれた灰色のズボンの脚と、靴底を修理してあるくたびれた粗革の靴にちらりと気づいたからだ。この医者がいなければいいのに、と少年は思った。医者がいると落ち着かない。とは言っても、この男の顔つきに落ち着かなくさせる原因となるものは何もなかった。

寝椅子は快適だった。この部屋に自分ひとりだけだったら、頭を枕にのせてそこで寝るのを心から楽しめただろう。部屋は小さく、警戒させるようなものは何もなかった。周囲の壁は淡い緑色で、寝椅子と医者がすわっている椅子と机のほかは、家具は何もなかった。机の上のほうに、鮮明な写真のついたカレンダーが掛けてあったが、その写真に写っているのが何かは見えなかった、なぜならちゃんとそれを見るためには頭をまわして医者のほうを向かなければならないからだ。上のほうをほんの少し開けてある窓の外では、太陽が輝いていた。窓ガラスは空襲で壊され、不透明のプラスチック板で代用されているため、外を見ることはできない。窓の外には何があるのだろう。ぼんやりと考える。起き上がりたい、あの窓の下半分を開けてちょっと外を見てみたい。それから、カレンダーの写真もよく見てみたい。でも医者がいるせいで、そうしたことをすることができない。そこで彼は入院着の結びひもを見下ろし、結んでいない両端をいじりはじめた。結びひもは何度も洗濯されたせいで赤かった色があせて濃いピンク色になり、木綿の繊維がよれて奇妙にそそけだったこぶができ、ほとんどベルベットのような感触で、指先に心地よい手ざわりを伝えてきた。

「はっきりと思い出せる最後の日はいつだね?」医者が訊いた。

「部隊に復帰することになっていた日です」結びひもの快い感触から意識をほんの少し、いやいやながら切り離して、少年は言った。

「その日の日付を覚えているかね?」

「九月十一日です」その日付を忘れることはないだろう。催眠にかかったように、恐怖に魅入られて、少年ははるか彼方に遠ざかって見える上陸休暇中の日々からその日付が自分に向かって突進してくるのを見つめていた。

「今日の日付を、きみは知っているかね?」

少年は首を振り、結びひもを見下ろした。ごくごく細くこしのない髪の、頭のてっぺんのいちばん長い部分が枕の上でふわりと動いた。

「今日は十八日だ。きみは昨日ここに連れてこられたときから、いろんなことを思い出しはじめた。だからきみの度忘れはまる五日間続いたということだ、そうじゃないかね?」

「はい、そのようです」少年は言い、不安な思いで、よくないことがはじまるのを待ち受けた。

どうしてそっとしておいてもらえないんだろう? そう考えていた。こっちはただそっと静かにしておいてもらいたいだけなのに、なぜあれやこれやとつつきまわしつづけるのだろう? まるで向こうが知りたがっていることをこっちがけっして言うことができない、もしくはこっちが言うことを向こうがけっして理解してくれないとでもいうようではないか。結びひもの端にひだを寄せていた指がいっそうぶっきらぼうに布をつかんだが、そのやわらかさからはもはや何の満足も得られなかった。

「きみは、休暇中に起きたことは全部はっきりと覚えているんだろう?」医師が訊いた。

「はい、ええ、そうです」少年はすぐに言った。口早のしゃべりかたは、まるでその言葉をすばやく口に出すことで、どうにかしてもっとも痛ましいことがらに触れずにこの件を終わらせたいと願っているかのようだった。

「で、その休暇はどこですごしたのかね?」

ほら来た、はじまった、よくないことがはじまったぞ。少年は心のなかで考えた。そして発端から深刻な不安で彼を満たしていたその〝こと〟が身じろぎをはじめるのをなすべもなく感じとり、黙りこくった。一方頭のなかでは縦横に考えが駆けめぐり、防御もしくは逃走のためのまだ知らない道を探し求めていた。

「さあ、その休暇をどこですごしたのかね?」

医師の声は何げなさそうで、親しみやすいとさえ言えそうなものだったが、断固とした強さもふくまれているばかりか、今にも攻撃を開始しようとしているような危険もはらんでいて、とても軽くあしらえそうにはなかった。

「おばの家に行きました」少年は消え入るような声で言った。

過去に通じる長いトンネルを振り返ってのぞいているかのように、今、ウォンズワース・ロードのはずれの借家が記憶によみがえってきた。蛇口は外の上がり段の上にあり、室内はいつも、洗濯物や調理材料、汚れた皿や鍋であふれかえっていた。彼の母親は、心臓のこともあって、かたづけまで手がまわらなかったのだ。そして彼の父親がしょっちゅう酔いどれてはいってきて、母親を殴りつけ、ついには近所の人々がドアを開け、警察を呼ぶぞと脅しをかけるほどだった。彼はと言えば、がたがた震え、吐きそうな思いで泣き声をたてるまいとしながらテーブルの下にうずくまり、みじめな毬のように丸くなって隠れていた。おばちゃんは、父親が家にいないときにときどき訪ねてきてくれた。まったく老けてはいなかったし、恐ろしくもなければびくびくとおびえることもまったくなく、とてもきれいで若々しくて陽気だった。たぶんそのせいで、彼はいつも、〝おばちゃん〟という言葉は〝スウィーティ〟や〝ハニー〟という言葉と同じように一種の親愛をこめて使われる言葉だと思っていた。彼が八歳のとき、父親は結核にかかり、酒を断ったが、すでに手遅れだった。母親はすでに死にかけていたし、父親がその後療養所《サナトリウム》で死んだときには、彼は生まれてはじめて幸せを感じていた。この先ずっとおばちゃんといっしょに暮らせるようになり、もうどなり声や口げんかや泣き声やにらみつけてくる隣人たちとは無縁になったからだ。

それからふたりで暮らしたブラッケンズ・コートのあの小さな薄暗い家が思い出された。小さくて古風で、ちょっと不便な家だった。いくぶんゆがみのある急な階段は、彼の父親が酒屋の閉まったあとにやってきていたとしたら、きっと首の骨を折るはめになったにちがいない。でもとても居心地がよかったのだ、おままごと用の人形の家《ドールハウス》のように。そこでいっしょに暮らすのは、いつも幸せなことだった。おばちゃんが関節炎のせいで洋裁の仕事に出かけることができなくなっても、なお。彼は学校を卒業すると、事務用品店の使い走りの仕事につき、そのあと店内で販売の仕事について、一生懸命に働き、うまく仕事をこなした。おかげで、おばちゃんが自宅で請け負うようになった仕事をだんだんこなせなくなってきても、それほどたいした問題ではないように思えていた。なぜなら彼はおおむねふたり分の暮らしを支えられるだけの収入を得ていたし、このまま行けば、ほどなく収入額もふえていくと思えていたからだ。だがそこに戦争が起きた。おばちゃんの病状は悪化し、しばしばひどい頭痛を起こしたうえ、ゆがんだ階段の上り下りができなくなった。それから彼は召集された。すべてがいやでたまらなかった。軍隊もいやだったし、家から出ていかねばならないのもいやだった。せっかくのいい職を失うのもいやだったし、戦うために海外に送られるのもいやだった。だがいちばんいやだったのは、今のこのひどい状況のなかにおばちゃんを置いていかねばならないことだった。金銭的に不安定で、爆弾が落ちてくるかもしれない環境、そのなかでたったひとりでひどい痛みを抱え、世話を頼めるような信頼できる人もいない。おばちゃんはずっと彼にやさしく親切にしてくれた、だからこの世の誰よりもちゃんと世話をしてもらうに値するというのに。自分が捕虜になったり殺されたりしたら、おばちゃんはどうなってしまうんだろう。そう考えると耐えがたいほどで、おばちゃんはそういったことすべてと無縁で無事にいてほしいと願いさえした。そう、この前の休暇のあいだ、おばちゃんは流感だか何だかで寝込んでいたが、このままよくならないほうがいいとすら思った。そういうふうな状態のおばちゃんを置いていいかねばならないと思うと、心が張り裂けそうだった。だが、こうしたことはけっして言葉で説明できるものではなく、ただ放っておいてほしいと願うのみだった。思い出させないでほしいと。

だが、質問は続くべくして続いた。

「その最後の日におばさんの家を出る前にきみがしたのはどういうことだったか、思い出せるかな?」医師がたずねた。

「かなりの時間、家のなかのかたづけや整理をしてすごしました。何もかもがきちんと調うように」少年は言った。「おばちゃんは病気であまり動けないので、いろんなことをできるだけ楽にしておいてやろうと思ったんです」

左目のすみに、医師の組んだ膝と修繕した靴をはいた足が見え、一瞬反抗心がわきおこってきた。なぜならこの医師は少年自身となんのちがいもない男にすぎず、神から授かった階級や裕福さや一般に認められたどんな魔術によっても、彼に思い出すことを強要する権利などないのだ。でも、その向こうに何かがあった。この男には頑なに反抗していられるが、その向こうに、闇のなかで戦わねばならないあの恐ろしいものがあり、あえて沈黙を続けないほうがいいと彼は気づいた。彼が沈黙するとそいつに有利になるかもしれないからだ。そこで彼は低い声でぼそぼそとつぶやくようにしゃべりつづけた。まるで、意志に反して言葉が出てくるというように。

「四時ごろ、ふたりでお茶を飲みました。それから自分は立ちあがり、荷物をまとめました。そろそろ列車に向かう時間だったんです。別れのあいさつをして、駅へ向かいました。キングズ・クロス駅です」

長い間があき、その終わりに医師の声がそれが思い出せる最後のことかねとたずね、少年の声が答えていた。そうです。それからふたたび沈黙が降りた。

「それって変ですよね」不意に、少年はこの沈黙に向かって言った。今、その声はそれまでとはちがって聞こえた。驚愕と狼狽をはらんでいるように。医師は組んでいた膝を下ろし、いっそうまじまじと少年を見つめて、訊いた。「何が変なんだね?」

「今、思い出したんです」少年は言った。「さっき、家に帰ったときの話をしましたが、それがいちばん最後じゃなかったんです、実を言うと」

「きみがその家にいたいちばん最後じゃなかったということかね?」

「はい。今思い出したんです。なぜかふっと頭に浮かんできた感じで。駅に向かって歩いていたときに、何か大事なものを忘れてきたことに気づいたんです。小切手帳だったように思いますが、それを取りに急いで引き返さなきゃならなかったんです」

医師はポケットから煙草の箱を取り出し、一度目ではけっしてつかない飾り気のないライターで火をつけて、軽く煙を吐き出した。次の質問を出すにあたり、医師はまったく急ぐようすがなかった。

「引き返したときにどういう気分だったか思い出せるかね?」

「ちょっとあわてていたように思います。小切手帳を忘れてきた人なら誰でもそうなるように」少年は不意に防御的になっていた。何か思いもかけない罠があるのではないかと、根拠もない疑いを抱いているかのように。

過去へのトンネルをのぞきこみ、マットの下をまさぐって鍵を探したことを思い出した。手を貸しに来てくれる隣家の女性のために置いてあるものだ。あれははいっていったときだろうか、それとももう一度出ようとしていたときだったろうか――すっかりゆがんで、リビングルームから犬の後脚のような角度になってのびている階段の下に立っていたのは？　そのときは夕暮れで、家のなかが静まりかえっていたことを思い出した。まるで、二階で誰かが眠っているか死んでいるかしているようだったことを。そう、あのときおばちゃんは眠っていたにちがいない、そう彼は思った。でもおばちゃんのところへ上がっていったかどうかは記憶になかった。覚えているのはただ、路地の敷石をざくざくと踏んで離れてゆく自分の軍靴の音、そして目抜き通りに出たときに教会の鐘が鳴っていたことだけ。

医師がたずねた。「そのあと何があったのかね？」

「それ以上は何も思い出せません」少年は言った。

「まったく何もかね？　何かちょっとしたことのかけらも？」

「はい」しばらくしてから、少年は言った。「思い出せるのは駅の入り口を探していたことと、上に転轍機がのっているすごく高い大きな橋ぐらいだと思います」

ちょうどそのとき、この緑色の壁をした部屋のなかを危険がうろつきまわっていることに、彼は気づいた。寝椅子に横たわったまま、彼の目は相変わらず下を向いて、安全だと思える結びひものピンク色の端を見つめていた。両手は今はぎゅっと握りしめられて、首と肩は緊張してこわばっている。危険が襲ってくるのは自分の言葉からなのか、沈黙からなのか、彼にはわからなかった。

トンネルのなかで、教会の鐘はなぜ、あんなにいつまでも鳴り響きつづけているのだろう？　彼が無理やりのぞきこまされているトンネルはひどく深かった。そのトンネルには二度と下りていきたくなかった。彼は恐ろしかった。だが、例の正体不明のものがすぐそばからいかにも友人めいた声で気さくにささやきかけてくるせいで、遠くで鳴っている鐘の陰鬱で耳障りな音で切り裂かれているその黒い探索から彼を救ってくれるものは何もなかった。

「まるで誰かが死んだようだ」少年は声に出して言った。

「死んだのは誰だと思うかね？」

ちがう、ちがう。そうじゃない。あれを来させちゃだめだ。少年は考え、もうずっと、あらゆる言葉の背後にひそんでじっと待ち受けているものを来させまいと、必死で戦った。最悪のこと、耐えがたい苦痛、生まれさせてはならない恐怖を。同時に神経がひきつりはじめ、涙が目にあふれ出てきた。万が一、あの急な階段の上の静まりかえった部屋で、おばちゃんが眠っていたのではなく死んでいた場合に備えて。自分がそれを調べに行ったのかどうか、苦悶するほど考えても、どういうわけかどうしてもわからなかった。

パニックに駆られてトンネルのなかを走りながら、彼は思い出していた。あの路地を。前に見た映画に出てきたように、めくら壁が次々と倒れかかるように迫ってきて窒息しそうになる。そして曲がり角にランプの腕木《ブラケット》が突き出していて、先が輪になった縄がぶらさがっている。ただし、縄の先に死体はなかった。そして絶えることなく、急ぎ足の軍靴の音と鐘の鳴る音が響きわたり、しまいには頭のなかでやかましく鳴り響いているのが自分の足音なのか教会の鐘なのかわからなくなった。そのやかましい音は彼の飢えの一部となり、彼は思い出した。トンネルのずっと先で、場外市場《ストリート・マーケット》が立っていた場所を夜中にあさってまわり、ようやく溝のなかに落ちていた、灰色のぬるりとした――死んだ赤ん坊の手首みたいな――ソーセージのかけらをひとつ見つけたことを。それからそのあと恐ろしいほどの渇きに襲われて、馬用の水樋から両手で水をすくってがぶがぶと飲んだことを。それはすべてまちがっていたようだった。どちらも動物たちを安楽死させるのに使われるものだったからだ。それから、あの開けた場所、荒野だか広場だかがあり、彼はそこで吐いて地面に横たわった。ちくちくする雑草のなかに髪の毛を埋めて。吐いたせいで力がはいらず、身体が硬直したように感じられ、周囲に羽虫が雲のように群がって、顔や手にとまり、口の上を這った。あまりに弱っていて追い払うこともできなかったからだ。やがてついに真っ暗になり、虫たちは消え去り、彼は平穏のなかに残された。

どんどん速く、彼は走った。あのトンネルとやかましく鳴り響く鐘の音から逃れようとして。そしてとうとう外に出た。トンネルはどんどん小さくなり、ついに消えた。鐘の音がしばし止み、今はこの部屋以外には何もなくなった。部屋では医師が静かに煙草をくゆらし、窓の外では陽射しが輝き、壁にはカレンダーが掛かっていた。

少年はもはや寝椅子に横になってはおらず、背中を丸めて前かがみにすわっていた。まるで何かから隠れようとしているかのように。テーブルの下でうずくまっている子どもがとるような姿勢で、立てた両膝の上に頭をくっつけて。彼は泣きじゃくっていたが、もうトンネルのことも、さっきまであれほど恐れていた、隠れている危険なもののことも考えてはいなかった。言葉にあらわすことのできるはずのどんなもののことも。

「度忘れしたみたいです。度忘れです。思い出せないんです」涙にくれながら、彼はなすすべもなく、そうつぶやきつづけた。

輝かしき若者たち

Glorious Boys

わたし、なぜこんなことをしてるんだろう？　彼女は考えていた。ミアといっしょに、出撃してゆく爆撃機の残響で昏《くら》く振動する冷たいロンドンの街を歩きながら。なぜパーティーなんかに向かっているんだろう、何を言えばいいかもわからず、自分をどうすればいいかも知らないというのに？　手はグラスや煙草で簡単にふさげる、でも身体の残りの部分は――恥ずかしくなるほど生々しく、制御不能で、溶けあって一滴の露になろうとは絶対にしない――そんなものといったいどう折りあえというのだ？　椅子にすわらせたり、口を開かせて適切な音声を出させたり、ソファの端に寄りかからせたり、立ちあがらせて室内をつっきらせ、誰か見知らぬ相手の、ぎょっとするほど期待に満ちているか自己満足にあふれていながらまったく近寄りがたい表情を浮かべている顔と向き合わせるための正しいタイミングなど、どうすればわかるというのだ？

　肉体の恐るべき独立。その終わりなき反抗。神経や筋肉や内臓はぞっとするような地下運動《レジスタンス》をおこない、人はそれを嫌われ者のサディストのナチス役人みたいに容赦なく抑え込もうとするが、肉体のほうも不服従を貫くぞというこれまたまったく同じように容赦のない永遠の脅しをかけて人を脅かす。破壊工作活動をされて、突然恥部をさらされるのではないかという絶え間ない恐怖。

前方で、その家が容赦なく待ち受けていた。黒々とそそり立つ物体。なぜわたしはここに来たのだろう？

当然ながら、彼女を連れてきたのはミアだった。ミアは小公女のような、人間ではなく小さな幻想の王女のような娘だ。流れ落ちる金色の髪ではなく黒真珠の情熱を秘めた娘。くすんだ黒い髪、非常に精巧な貝殻の裏側のようなにじんだように輝くピンク色の頬、はでなドレス、ありえないようなバックルのついた靴。ミアは、この世のものでも人間のものでもない矢の形をしたやさしさで心を射抜く。ぬくもりなどまったくなく、ただ真珠の子であることを示す輝きがひゅっと飛ぶだけだ。なぜ説き伏せられてしまったのだろう？

ノーと言えないからよ、と彼女が考えているあいだに、ミアがドアを開け、騒音が、パーティー特有の騒音が、においが、雰囲気が、白い短い階段のてっぺんからふたりに向かって駆け下りてきた。階段の上はそのまま、広く明るく煙たい部屋になっていた。ノーと言えないのは、非特異性の鬱病者の特徴。そういう昔ながらの心理学的分類にはうんざりだ。おまけにそれは彼女の場合にはあてはまらない。少なくとも、完全には。それは単に動作がのろいとか、道徳心が薄弱とか、そういうふうに言われるようなものではないのだ。そうではない別の力があるのだ、いつも人をたきつけてあらゆるドアを開けさせ、あらゆる橋を渡らせ、あらゆる通路を歩かせるあの力が。

ふたりは、階段の上がり口の家具の上にすでに山積みになってずり落ちている冬物コートの上に、自分たちのコートをのせた。ここでちょっとのあいだ足を止めたいわ、と彼女の脳裡がちらりと考えた。今はこのコートたちのところでちょっと時間を費やしたい。コートたちをよく知りたい。それぞれ異なる特徴を、手ざわりを、においを知り、コートのなくてはならない本質をこの指先で感じとりたい。毛皮やツイードがどんな感じなのか、それを知りたい。でも、それはできない。というより、それをさせてはもらえない。単純なことだ、まともな社会では山積みのコートの感触を探ることで時間を浪費するようなことは許されないのだ。まともな人々にはほかの人々の相手をする以外のことに費やせる時間がないというのは奇妙なことだ。たったひとりでいるとき以外に、人間でないものを知ろうとするのは実質的に不可能なのだ。単純に、そんなことは許されない。もしそういうことを説明しようとすれば、みんなが言うだろう、おまえはちょっとおかしい、と。

「ほら、はいろうよ」ミアの小さいながら明瞭な声が言った。かなり甲高く、暖かい国によくいる陽気な鳥の声のようだ。たとえば、宝石のように美しいキクイタダキ《キングレット》とか？

「いいわよ」彼女は言った。

心の準備をするための階段はあまりに短すぎた。紹介をしあうあいだ、彼女は階段の上に立ったまま、ミアのブラシで梳かしたばかりの髪が本当にきれいにふわりとたなびくさまを見つめていた。室内の空気に濃厚にたちこめている煙草の煙の上にひときわ黒い煙のようになびくのを。その黒い下向きの煙は背中と胸の上に流れ落ち、自信たっぷりで何があろうと破壊不可能な陽気さをたたえて、バックルつきの靴が人波のなかできらめきを放っていた。

パーティー。しぶしぶついていきながら、彼女は心のなかでつぶやいた。わたしはパーティーに出なきゃならないのよ。今はもう夢を見ているんじゃない。生まれてからずっと、彼女はたくさんの夢を見てきた。人々に注意を払っていなくてはならないときにもぼんやりと夢を見ていて、そのせいでいろんなほうびを逃したりみんなを敵にまわしたりしたのだ。

　フランクを敵にまわしたのも、勝手に夢を見たせいだったと、彼女は考えた。そして彼の目には正気の沙汰でないと思える旅に誘《いざな》ったせいだ。安全やぬくもりから遠く離れ、世界を横断しなければならない、この国への旅に。到着した日の夜に空襲のさなかでひとりぼっちだったことを思い出した。郵便局が破壊されたあの夜だ。彼女は周囲を警戒しながら街路に立っていた。大きなビルが燃え、彼女は爆発した壁やはじけ飛んだ屋根や引き裂かれた大梁がもぎ離されてゆくときの苦悶を感じていた。煙と炎がたちこめて視界をふさぎ、激烈に降り注ぐ石くれのなかに噴き上がり、長い風雪に耐えてきた巨大な石の建造物がただの一撃で打ち倒されて、徹底的、壊滅的な死を迎えていた。巡視員がポストの陰から彼女にどなった。ぼんやりと突っ立ってないで、何か覆いになるものの下にはいれ、砲弾の破片が降ってくるぞ。その声がはらんでいた怒気が彼女を夢から外に吹き飛ばした。だが、巡視員の怒りもフランクの怒りも何の助けにもならなかったし、実のところお門違いと言ってもよかった。なぜなら彼女は、ぼんやりする性癖《ウールギャザリング》を治すことはできないとわかっていたからだ。

今、彼女に話しかけている男は赤ら顔で、髪は縮れていた。砂色と灰色が混じっており、羊毛《ウール》のようだった。

この男があれこれ質問をはじめたりしないでくれればいいのに。そう彼女は思った。わたしはここに来てまだほんの数ヶ月なのだということを、この男が知らないか気にかけないでいてくれればいいのに。わたしが何かもっともらしいことを言おうとしなければならないような状況でなければいいのに。彼女はただ自分の仕事をしているだけで、それは戦争関連の仕事でもないのに、人々はいぶかるのだ。彼女がなぜ、世界の裏側の安全な国からはるばるこんな困難な渡航をしてきたのかと。そのあとに続く数々の質問に適切に答えることが、彼女にはできなかった。生まれてからずっと、彼女のなかであの力が働いているのだ。あの執拗な未知の力、それが彼女を駆りたてたくさんのドアを開けさせ、たくさんの通路を歩かせ、せっかく慣れてきた安全な場所から立ち去らせてきた——勇ましい冒険心などというものではなく、恐れからだ。だがその恐怖は、確実に、夢のなかのものなのだ。その夢では冷酷非情な声が命じてもくる。次の場所へ行け、旅人よ。あちこちの、まだ探査されたことのないほかの場所へ、ほかの経験へ。それを説明することは不可能だ、それは明白だった。

誰かが彼女にパンチのはいったグラスを渡した。手のなかの熱くかすかに湯気のたちのぼるグラスに彼女は心地よいぬくもりを感じ、グラスを持ち上げて、くるりと巻いたリンゴの皮の薄切りを一片浮かべたラム酒の、甘く温かく、ちょっと安っぽい香りをかいだ。部屋にはあちこちに火を灯したキャンドルが置かれ、銀色の星も飾ってあった。ちょうどクリスマスの時期だったからだ。

「ここの絵、ちょっとおもしろいわね」彼女は言った。絵に興味を持ち、それらをよく知りたいと思うことは問題なく、許されていたので、彼女はカンバスの前に移動した。淡い鳥の卵の色の海、砂、ピンク色の家――それはクリストファー・ウッドの作品のように見えた。と、あの羊毛《ウール》っぽい髪の男も寄ってきて、ちょっとのあいだ見ていたが、ぼそぼそとつぶやいて離れていった。誰かもっと気の合う客と話をしに行ったのだ。

いったい、わたしのどこがよくないのだろう？　わたしのどういうところが原因で、けっしてみんなに受け入れてもらえないのだろう？　彼女はあれこれと考えるが、その答えは完璧にわかっていた。もちろん、それはぼんやりしている《ウールギャザリング》せいだ。人間以外のものに心を奪われ、興味を抱くべきではない場所に興味を抱く、そういうところがまったく受け入れてもらえないのだ。人々はそういうことを侮辱と受け取る。本能的にそういうことを嫌悪するのだ、たとえ意識では気づいていなくても。そして基本的に、彼らは正しい。彼らから見ると、そういうことは侮辱的なのだ。それにしても、なぜみんなにどう思われるかが気にかかるのだろう？　どうせ、できることは何もないのに。ぼんやりする《ウールギャザリング》ことは彼女の意志などよりはるかに強いのだ。

彼女は立ったまま、その絵をちょっと見た。やがてしだいに——誰も自分に注意を向けていないとわかったので——普通の人はあまり気を留めないものへと視線をさまよわせていった。枝つき燭台、飾りの星、長い黄色のカーテンに描かれているたくさんの仏塔《パゴダ》へと。一輪のカーネーション、連隊の色つきの肩章がついた制服にピンで留められたカーネーションが視界にあらわれ、その向こうのよく知った、そしてまったく思いがけない顔が不意に彼女の目に飛びこんできた。異国からの顔が、騒音と煙とパーティーの雰囲気のなかで、こちらに向けられたピストルのように。一瞬彼女はひやっとし、いくつもの国が一緒になってものすごい勢いで流れてゆくのを感じて混乱した。

そのとき、彼が前に出てきて、カーネーションを遮り、英国のパイロットが着る制服とは肩の文字がちがっているだけの青い空軍の制服姿で彼女の前に立った。彼はひどく若々しい顔と真っ赤に充血した目をしていた。とても自然とは言えない目を。この顔は今でもやけに若く見える、と彼女は思った。でも彼の身体は変わっていた。以前は、彼の身体は制服を着ていると照れくさそうで、その服装の重みに見合っていないように見えていた。でも今は、制服が彼の一部となり、どこをとってもまったく不自然には見えない。かつてあの国で、彼と彼女とフランクはその制服を種にして一緒に笑いあったものだ、彼のことを青い蘭と呼んで。でも今思えば、おもしろいと思えるようなことは何もなく、彼が制服を着ていることがどうしてあんなにおかしく思えたのだろうと彼女はいぶかった。

「信じられないよ。きみだなんて、本当に信じられない」彼が言っていた。

「こんにちは」彼女は言った。「まったく信じられない出会いよね。どうしてここにいるの?」

「週末の外出許可を取ったんだ」

「ってことは、ここの人たちと知り合いなのね？」

「友だちに連れてきてもらったんだ。たまには息抜きに社交生活ってやつをやってみたいと思ってね」

「あなたに会えてとてもうれしいわ、ケン」

「きみの住所がわかってたら、絶対に連絡をとってたよ。明日にはもどらなきゃならないんだ。こんなふうにばったり出くわすなんて、本当に妙な気分だよ」

「こんなの、ただごとじゃないわよね。まったくもってただごとじゃないわ」しゃべりながら彼女は、彼の顔に眼精疲労からくる小じわが新たにいくつかできているのを見てとった。それ以外は何ひとつ変わってはいなかったが、その目は困難なレースに出ようとしている男の目のように見えた。覚悟を決めたような動じなさをたたえ、尋常ならざるぎらつきかたをしていた。

「最後に会ったときのこと、覚えてる？」彼女は彼に訊いた。

「アオバズクだろ」笑いながら、彼は言った。

彼女は笑わなかった。彼が覚えていることに、なぜかしらひどく驚いており、同時にあの情景が鮮明によみがえってきたことに、さらに驚いていた。その情景は夜中によくあらわれる。彼女がひとりきりでいて、ちゃんとよく理解できるときに。でも今は、パーティーの騒がしさのなかで、そうしたときよりもいっそう強烈に、鮮明になってあらわれた。三方を海に囲まれた岬の突端のあの質素な家と、鵜を潜ませた大きな木々、そこで彼女はかつてつきあっていたほかの男たちの誰よりもフランクといるのが幸せだった。けれどもあらゆる場所から立ち去ったように、彼女はそこから立ち去ったのだ。その情景があまりにはっきりしていることに、彼女は今、驚いていた。その情景はぼんやりするときの夢想《ウールギャザリング》の一部であり、ほとんどの夜に彼女が見るものだった。すっかり慣れ親しんでいるものなのに、今なお彼女をぎょっとさせていた。とりわけ、たくさんの光やパーティーの人声であふれた混み合う部屋のなかで、どんどん鮮明になってくることに。そちらの部屋はこの部屋とは似ても似つかなかった。もっと簡素でがらんとしており、星飾りもキャンドルもないけれど、グラスがいくつかあり、そこにいるのは三人だけだった。下の入り江では軍隊輸送船がケンを待っており、彼女のほうは別の船で戦争に向かって旅することになっていた。外ではアオバズクが鳴いていた、災厄を暗示する不吉な鳥が。フランクは土着の迷信を笑いとばしながら、両手で椅子の肘掛けをしっかりと握りしめていた。自分が立ちあがって叫び出してろくでもない鳥を追い払いに行かないように。これまでなじんできたいことがすべて終わることを知りながら。危険と喪失、そのほかの口に出してはならないことすべてが待ち受けていると知りながら。悪運の象徴《シンボル》となっているのにはそれなりの根拠があることを知りながら。アオバズクを脅して追い払うことはできても、そのせいですべてが悪いほうに向かうかもしれないのだ。そしてフランクはひどく陰惨な顔つきでそれについてひどい冗談を飛ばしていた。アオバズクが呼んでいるのは自分なのだと。でもおそらく呼ばれていたのは、本当はわたしたち三人すべてだったのだろう。わたしたちはよく、木々のあいだから、岬の突端に連なっている護衛艦隊を見張っていた。そのたびに、その情景のなかの木立ちに潜んでいる鵜たちが彼女には見えていた。こわばった翼をかわかそうとして差しのべている、小さな案山子《かかし》たちのような姿が。でもあれはよその国のことだ、それがなぜ今、ここに？　夜中にあらわれるのや、ひとりきりでいるときにあらわれるのは、それでいい。でも、都合の悪いときに突然出てこられるとひどく混乱する。今のようにパーティーでグラスを手に持って立っているとき、尋常でない目をしているケンと話をしていて、いまいましい制服を着ている彼があまりにも自然に見えるときには。彼女はグラスを持ち上げてそこから飲んだ。パンチはすっかり冷えてしまっていた。ケンはまだ笑みを浮かべている。彼女はふたたびグラスを傾けた。

ぼんやりする《ウールギヤザリング》のは彼女の一部になっていて、それに悩まされることはなかった。それが彼女と彼女がつきあいたいと望む人々のあいだに割りこんでくるのでないかぎりは。そして、その最後のチャンスをついに失うのではないかという不安。悩ましいと思えるのはそれぐらいだった。変人だと思われるのはたいしたことではない。彼女は変わり者とか変人だと思われることは気にしていなかったが、暖かな部屋のなかでぞっと寒気を覚えるほど驚愕したのは、あの質素な茶色い家があらわれたことと、戸外でアオバズクが鳴いていることだった。あの情景はこのパーティーの場にはありえないものだし、アオバズクの鳴き声がたしかに聞こえていたが、アオバズクなどいはしないのだ。そして凶兆を信じることにも、何の意味もない。それでは、彼女が聞いているもの、見ているものは何なのだ？　彼女の心を乱し、不安にさせているものは？　そして彼女はなぜ、何千マイルも離れたこの世界の裏側で鳴いている鳥の陰鬱な声と情景のせいで、寒い街路で感じる以上に寒さを感じているのだ？

仙人掌《サボテン》に囲まれた小さなテーブルに、彼女はグラスを置いた。きっと明白にちがいない、そう考えている。彼女が今感じているように感じていることは、誰の目にも明白なはずだ。ケンも絶対に、何かに気づいているだろう。突然、確実に集まってきているたくさんの目から逃げ出さずにはいられなくなった。彼女のように生きていると、こういう事態がたびたび起きる。これは神経内部の破壊工作員の仕業なのだ。

「わたし、もう行かなきゃ、ケン」彼女は言った。ばかみたいに性急に聞こえませんようにと願いながら。

彼は驚いたようすは見せなかった。こう言った。「きみと話をしたかったのに」

「それなら、家《うち》に来なさいよ。そんなに遠くないし、食べるものだってあるわ。どうせパーティーじゃ話なんかできないんだから」

こうした言葉はまったく考えることなしに出てきた。それから、彼の顔にためらいのようなものを見てとり、ちゃんと考えるべきだということを思い出して言った。「ああ、でももちろんあなたはパーティーから出たくなんかないわよね。さよなら」

けれども、彼女がパーティーの主催者に、それからミアに辞去のあいさつをするあいだ、彼はうしろについてきていた。階段を下りてコートの山から自分のコートをひっぱりだしているときもやはりそこにいて、彼女がコートを着るのを手伝ってくれた。ドアが閉じてパーティーの騒がしい音を閉め出し、またしても爆撃機の消えることのない不吉な轟きが低く強く響きはじめた――まるで昼夜を問わずいつでもその音が空に満ちているかのように、まるでそれが地球の自転する音であるかのように――そのときになってようやく、彼はためらい、閉じたドアの把手にすがりつくかに見えた。本当はここに残りたいんじゃないかと彼女は考えた。だが、彼は彼女といっしょに通りに出た。

「バスにする、それとも地下鉄?」彼女は訊いた。「地下鉄」と彼が即座に答えるのを聞いて、ちょっと驚いた。彼女がどこに住んでいるのかも知らないのに、どちらがいいかわかるはずはないのに。

月はもう高く昇り、通りはからっぽの川床のように見えた。向かい合う家並みは黒々とした土手のよう、月明かりを浴びて霜が降りたようにしらじらと輝く屋根は雪の積もった急斜面のようだ。何もかもが荒涼として人の気配もないさまがまるで昔から続いているかのようで、明かりを失い、月の下で廃墟となって待ち受けているほかのいろんな都市と何のちがいもなかった。旅をしてまわるなかで、彼女はたくさんの都市が闇のなかから光のなかへと変貌を遂げるさまを見てきた。そして不意に、完璧に思い出した。夕暮れの入江を、光を浴びてきらめく水面を、海峡の向こうのカイコウラ山脈の上に沈みゆく太陽がまだ亡霊めいた金色を残しているさまを。

「きみがああいう場になじんでるなんて、奇妙なものだね」彼が言った。ふたりは地下鉄駅に向かって歩いていた。

「え?」

「地上でなく空に長くいるとさ」飛行機の音に彼は顔を上げ、頭をのけぞらせた。「こんな下のほうにいると落ち着けないんだ。ぼくはもう、どこにも居場所がない。しっくりと落ち着ける場所はどこにもないみたいだ。もう一度ほかのみんなと同じように感じてみたかった、だからパーティーに行って女の人たちに話しかければうまくいくんじゃないかと思ったんだ。でもなぜかうまくいかない。やっぱりまだ疎外されてる気分だ。ぼくは昔と同じようになりたいんだ、もう一度ほかのみんなと同じように感じたいんだよ」

「あなたはもう、何も書いてないようね?」

「ああ、そのとおりだ」

戦争とは何と悪魔のように効率的な機械仕掛けなのだろう、と彼女は考えた。あるがまだったころの彼と、彼の書いた作品を思い出していた。ちょっと青臭いものの感じやすく、率直で、誠実さにあふれていた彼の作品を。もう彼は、じゅうぶんにしっかりと書くことを学んでいたら書いていたような作品を書くことはないだろう。まったくもって徹底的に破壊するのだ、この戦争という機械仕掛けは。この個性や才能や生命を滅ぼす焼却炉は、感受性と創造性豊かな若者を無理やり死の鉄骨に造りかえ、何百万と召集して人殺しに仕立てるのだ、〈殺人会社〉という大きな会社、世界的組織の一員として。不意に、彼女は激しい怒りを彼に感じた。

「よくもあいつらのされるがままになっていられるわね?」彼女は言った。「わたしたちみんなが倒されてもいいの?」

彼は聞いていなかった。ほかの服は着たことがないとでもいうように制服を着込んで、彼女の横を歩いていた。彼女には速すぎる足取りで、急いでどこかに行こうとする男のように。そして今、どくどくと脈打つ空を見上げたまま言った。「あいつらはこの夜を楽しんでるかな」そして彼女が言う。「ほかの人たちだってそうよ」

「ひどい空襲のときに地上にはいたくないね」彼は言った。「こんな下のほうにいるなんて絶対いやだ」じっと空を見上げている。

「空の上にいるときに自分が何をしてるか考えたことはないの?」彼女は彼に訊いた。

ふたりは地下鉄駅にいた。明かりに向かいながら、彼女はまたしても彼の目のなかの、困難なレースがはじまるのを待っている騎手のような、神経を集中した熱狂的な眼差しに気づいた。彼の動作はぎくしゃくとこわばっていて、気の毒に思えてきた。どこかで何かがまちがっているのだ。何がまちがっているのか見ようと彼女は目を凝らしたが、真っ赤に充血した目で彼女を見つめている若い顔をもつ男のかわりに、ちがう国のあの家と鵜たちの潜む木立ちがあらわれ、アオバズクが鳴いており、それ以外のものは何も見えなくなった。

それから、列車のなかでそれは消え、彼女はふたたび彼を見つめた。けれども心の内に怒りが再燃している今、彼はただの人殺しにすぎず、飛行機の内部のことなどよくわからないので、彼女に見えるのはただの顔のないロボット、パッドつきの防護服を着てヘルメットをかぶり、いろんな装備をつけて動きまわり、たくさんのスイッチやダイヤルに囲まれて、空に浮かぶ明かりのついた箱からひどい災厄をまきちらしている姿だった。

「よく眠れるわね?」この地下鉄の車内で青い制服を着てとなりにすわっている男に、彼女は訊いた。「眠るのが恐ろしいとは思わないの?」

「やらなけりゃこっちがやられるんだ。きみだってわかってるだろう」

「わたしにわかってるのは、となりの家で人が殺されてるおかげで、町内にいるほかのみんなは隣人たちを殺しはじめなくてすんでるってことぐらいよ」

「これは戦争なんだ」彼は言った。「ぼくはただ、自分の仕事をしてるだけだ。民間人を爆撃するのをぼくが楽しんでるとでも思うのか? それはぼくのせいだとでも?」

「そうよ」彼女は言った。「自分が何をやってるかわかっていながらおとなしく従ってるのなら、そのせいで罪悪感を感じてるのよ」

「ちがう。きみの言い方はフェアじゃない」

彼女は彼を見た。彼の目は太陽を見つめるときのように、痛そうに細められていた。目のまわりのしわは若々しい顔には不釣合いで、絵の具で描かれたしわのように奇妙に見えた。

「ねえ、聞いて」彼女は言った。「あのアオバズクはやっぱりあなたを呼んでたのよ。これこそが最悪の凶事なんだわ、あなたの身に起きたこと、あなたが人殺しになってしまうことが」

列車が駅に止まり、話を聞いていた女性が降りるまぎわにドアの前で振り向いて言った。「あなたねえ、われらが輝かしき若者たちのひとりによくもまあそんなことが言えるものね?」それから、激怒した顔の前でドアが閉まり、ケンは本当はおかしくもないのに笑い声のような声を漏らした。彼女も、その横でやはり笑い声をあげ、言った。「国王陛下の軍隊のなかに幻滅と落胆を拡散してるってわけね。わたしなんて投獄されてもおかしくないわね」

そして、そうして笑ったせいで、彼の若々しい顔、かつてどこかでたしかに愛情を抱いていたその顔が今またうっすらと後悔し、目が痛いとでもいうように緊張して細められていることに、彼女は気づいて、言った。「わたしの言うことなんて気にしないで。わたし、ちょっと頭がおかしいみたいだから」あっさりと、自分の人生を乗り切るのに使っているパターンに飛びこむ。

それはお手軽なパターンだった、ちょっと頭がおかしいとみんなに思わせるというのは。ついぼんやりしてしまう性質《たち》のせいで彼女はみんなに理解してもらえないというのは本当だ。そして今、ケンの出現とともにあの情景と不吉な鳥《ウールギャザリング》が前面に出てきたのだ。彼がこう言うのが聞こえた。「大丈夫だよ」そしてそれ以上何も話されることはなく、列車を降りるときが来た。

ホームは混みあっていて、寝台のほとんどは埋まっていた。そこここで人々が眠っていて、お茶用の湯沸し器のわきでひとりの男が行ったり来たりしながら、首からひもで吊っているトレーにのせたロールパンを売っている。いつも以上にたくさんの避難民がいた。

「ついさっき警報が解除されたんだ」人々のひとり、彼女の近くにいたひとりが通りすぎざまに言い、ケンが口早に言った。「何だって?」

「警報よ」彼女はケンに言い、足を止めた。彼が急にその場で足を止めていたからだ。

「ちがう制服を着た輝かしき若者たちへのね」

もちろん、その言い方は正気の沙汰ではなかった。わたしたちみんな、狂ってるのよ。彼女はそう心のなかでつぶやき、流れるように出ていく飛行機の隊列を思った。凍てつく空のはるか上の高みで、流れこんでくる敵機の列と交差するさまを。彼らはすれちがいざまに船のように合図を送るのだろうか、それともたがいをただ無視するのだろうか？　人類という狂った種はみずからを滅ぼしてゆくのだ、神や外部の正気を介入させることなしに。そう、勝手に続ければいいのだ。そして早く終わらせて。戦争の続く世界に彼女はもううんざりしており、ただただすべてを終わらせてほしかった。何があったかなど、もはやどうでもよかった。もうすでに、あまりに多くのことが起こりすぎているのだ。奇妙なことだ、戦争を理解しようとすることは人を本当に疲れ果てさせる。戦争はいろんな国々に常に存在していたが、彼女に戦争への理解をもたらしてくれたのはロンドンだった。こんなことが続くなんてあるわけがない。彼女はよくそう考えた、夜中に不意に目を覚ましたときや、部屋を歩きまわりながら。こんなことが続くなんてあるはずがない。でも戦争はいつまでも続き、彼女もどうにか歩みつづけた――激しくなっていくばかりの疲労感を感じながら。自分がどんなに疲れているか、彼女はちょっと考えた。

ホームの上を、今はゆっくりと歩いているケンに歩調を合わせて歩きながら、彼女はぼんやり《ウールギヤザリング》に占領され、昇降機に乗って地上に出るまでのあいだ、夢を見るかのように破壊のふたつの流れを見ていた。爆撃機のふたつの隊列が一体となり、空を飛ぶ巨大な金属体の恐怖の大蛇のように旋回して世界を破壊するのを感じながら。

駅から出ると、あちこちで射撃音が鳴り響き、いくつものサーチライトが幾何学的な罠を仕掛けていた。サーチライトたちは何もつかまえてはいなかった。光の線条が閉じては開き、また閉じ、またしても何もつかまえられずにいた。

「ちょっと待ったほうがよくないか？」ケンが言った。

「ここからほんの一分よ、それに爆弾の破片にあたったりするとは思えないわ」彼女は答えた、ぼんやり《ウールギヤザリング》から完全にさめてはいなかった。

黒い影に沈む歩道を、彼女は歩きはじめた。角を曲がれば、通りのそちらの側は月明かりで照らされているはずだ。月は満月をちょうどすぎたところだった。この月の下だった、ひとりで家に歩いて帰る途中で、アオバズクが屋根に留まり、不吉な声で鳴くのを見たのは。鳥かごのセキセイインコたちがおびえて声をあげていた。ちがう、それはまた別の場所だ。あれはどこだったろう？　目がサーチライトで照らされた空を拒否していた。自分がいったいこれまですごしてきたどの場所にいるのか、わからなくなっていた。やがてそのどこかからもどってきた。この戦争に、戦争に封じこまれたこの街に。

つかのま射撃音が完全にやみ、飛行機が一機、耳になじんだ頭をおかしくさせるような音、ヒステリックな逃げようのない音をあげはじめた。彼女は最初、かたわらにいたケンが歩くのをやめていることに気づいていなかった。それから飛行機の轟音が大きくなり、彼女は彼のことを思い出すが、彼はそこにいなくて、彼女は驚愕した。この夜が現実のものとは思えなかった。うしろを振り返ると、家の黒い壁を背景にいっそう黒く、巨大な機体の影が見え、彼女はバッグから懐中電灯を取り出してつけた。彼が顔を上げ、空に向けるのが見えた。光が彼の顔を照らし出した。彼女は一度それを見てすばやく懐中電灯を消し、彼のところに行って声をかけた。「ケン」だが射撃音がふたたびはじまり、彼は彼女に目を向けもせずに、足早に離れていきはじめた。上を見上げたまま、地下鉄駅のほうに、来たばかりの道をもどっていく。

彼女は呼んだ。「ケン、ケン」それから、言葉がどこからわき出てくるのかもわからず、それを考えることすらせずに、「ああ、だめ、だめよ。ねえ、だめよ、お願い。ああ、ケン」

返事はなかった。激しい射撃音のなかでは何の音も聞きとれない、でも走っていく足音が聞こえていた。

空では執拗に探索を続けていたサーチライトたちが死にものぐるいで罠に飛びこんできた小さな点をとらえ、勝ち誇ったようにがっちりとつかまえた。けれども彼女はそれを見てはいなかった、突然目に涙があふれてきたからだ。

わが同胞の顔

Face of My People

その大きな家が買い取られ、精神病院に変えられる前、その部屋はどこかの婦人の閨室だったにちがいない。そこは二階にあるごく小さな部屋で、彩色された天井にはキューピッドや花や鳩が舞い、壁は円柱や花輪を模した石膏の刳形で仕切られて、その刳形にはさまれた羽目板はスカイブルーだった。実に浮ついた小さな部屋だ。その扉に掲げられたドクター・ポープという名前は何かのまちがいのように見えたし、まったく浮ついたところのない、無骨で実用的な家具も同じだった。大きな業務用デスクも、おそろしげに見える高くてかたい、ベッドとも寝椅子《カウチ》とも呼べないものも。

ドクター・ポープ本人もまったく浮ついたところはなかった。四十がらみで長身で、背すじがまっすぐのび、筋肉質で、大きなよそよそしい、毛のない整った顔をして、人を不安にさせるほど油断もゆるみもない相貌だった。ローマ教皇《ホーリー・ファザー》（訳注―ポープという名には教皇という意味がある）にはまったく見えなかったが、それを言うならどんな種類の父親《ファザー》にも見えなかった。家族にあてはめて考えるなら、彼は有能かつ狭量で、弟妹の弱点を許そうとしない長兄というところだろう。

ドクター・ポープは昼食のあとこの部屋にはいってきた。いつもと同じく速足でせかせかとはいってきて、扉を閉めた。絵が描かれた天井にも、開いた窓からさしこむ陽射しや、快くそよいでいる木々にも目を向けはしない。その日は暖かかったが、彼は分厚い濃色のダブルのスーツを着込んでいるわりに暑そうには見えなかった。彼はすぐさまデスクの前にすわった。

彼の前には色分けされたファイルの山があった。いちばん上のファイルを取り、開いて、タイプされた病状報告を読みはじめる。すぐさま乱れのない一意専心の集中力を発揮して、慎重に読み進めていく。ときおり、考察を要する点があると、彼はページから目を上げ、デスクの向こうの青い壁を考えこみながら凝視する。そこにはたくさんの図表やグラフがピンで留めてあった。そうした熟考による中断は五、六秒以上続くことはない。彼はすばやく決定を下し、それが最終結論になる。彼は着実に読みつづけ、ときおり手にした万年筆で、タイプされた書面の上にかっちりした小さく読みやすい手書きの覚え書きを書きこむ。

たった今、ノックがあり、彼は声をあげた。「どうぞ」

「この許可証にサインをお願いできますか、ハンター軍曹のですが?」看護婦がデスクまでやってきて、言った。

彼女は黄色い紙片をデスクに置き、医師は言った。「ああ、いいとも」せっかちにサインをすると、看護婦はそれを取り上げ、そのかわりに手書き文字が書かれた薄い紙束を置いた。ドクター・ポープはその新しい書類に目を通した。態度からせっかちさが消え、彼は言った。「ああ、病棟の報告書だね」声が変わり、興味と熱意を響かせた。

看護婦は立ったまま、医師の肩越しに書類を見つめていた。そのほとんどは彼女の手で書かれたものだ。

「すばらしい。すばらしいよ」しばらくして、ドクター・ポープは言った。目を上げて、じっと待っている看護婦を見やり、微笑んでみせた。彼女はこの病院でいちばん腕のいい看護婦だった。彼がみずから、独自の手法で鍛えたのだ。そしてその結果はきわめて満足のゆくものだった。彼女は彼が何をやろうとしているかをよく理解し、彼の技法に賛同して、よく気を利かせて協力してくれる、信頼のおける貴重なアシスタントだった。「本当にすばらしいできだよ」医師はもう一度褒め、にっこり笑った。

彼女も笑みを返し、一瞬ふたつの顔にまったく同じ満足げな表情が浮かんで、ふたりは奇妙にそっくりに見えた。ほとんど血縁関係があるかのように。だが、実際にはまったく似てはいなかった。

「ええ」看護婦は言った。「かなり効果があがっています。病棟の全体的な士気は大幅に改善されました」それからふたたび真顔にもどり、言った。「ただ六号室の協力がなかなか得られないんです」

それを聞いて医師の顔から笑みが消え、もっと特徴的な表情があらわれた。短気さといらだちの表情が。医師は前に置いた書類のページをめくっていき、なかのひとつを読み直した。いらだたしげな表情は消えなかった。

「ああ、わかるよ。また六号室か。どうせまた、あのウィリアムズというやつが厄介の種になってるんだろう?」

「あの男はどうしようもありません」看護婦の声は冷ややかだったが、冷ややかさの裏にいらだちが潜んでいた。「あれはよくないタイプだと思います。人の邪魔をするし、頑固ですし。残念なことに、若手の患者やあまり安定していない患者のなかに、あの男の弁舌に影響されがちな者もいくらかいます。あの男はいつも、病室内の不満をあおりたてるんです」

「ああいうけしからんトラブルメーカーはわれわれの業務全体を脅かすからね」ドクター・ポープは言った。「反抗的なうえに憎たらしい。わたしが思うに、彼、ウィリアムズは排除されるべきだろうな」デスクの上のメモ用箋を引き寄せ、ウィリアムズの名前を書いた。ふつうよりかなり力をこめてペンを押しつけたので、流れるような文字は真っ黒になった。その名前の下に慎重に線を引き、丸で囲むと、メモ用箋をもとの場所にもどし、前より歯切れのいい調子でたずねた。

「六号室ではほかに誰かもめごとを起こす患者はいないのかね?」

「ここ一日ふつか、クリングのことが心配なんですけど」

「クリング? どういうところが?」

「ひどい鬱状態のように見えるんですが、先生」

「彼の症状が悪化していると思うのかね?」

「そうですね、没個性化がかなり進んで、おおむね近寄りがたくなっているように思えます。彼の頭のなかがいったいどうなっているのか、知る由もありません。原因は言葉がつたないせいではないですね。彼の英語は完璧ですから。ですが、あの日、ガーデニングのグループに入れられてひどく取り乱したあのとき以来、ひとことも口をきいていません」

「ああ、そうか。ガーデニング事件だな。妙だったな、あんなに暴れるような激しい反応が出たというのは。本格的な治療にかかるときがきたら、ひとつの手がかりになるかもしれない。まあ、そんなときはこないがね、もちろん。そこが、われわれのように大勢の患者をあつかうことの難点だな」一瞬医師の顔にさした残念そうな翳りはすぐに消え、医師はまだかたわらに立ったままの看護婦に声をかけた。

「きみはわたしよりはるかにクリングのことをよく見ているはずだ。きみの見解はどうだね?」

「わたしは、個人的には、彼は心に何か秘めていると思います。本人は話そうとしませんが、何かを」

「それなら、話すようにさせなさい。それがきみの仕事だ」

「やってみましたよ、もちろん。でもだめでした。たぶん彼は話すのをこわがっているんだと思います。牡蠣のようにかたく口を閉ざしてしまっています」

「牡蠣はこじあけることができるぞ」医師は言った。椅子をまわし、みずから訓練した腕のいい看護婦をまっすぐ見上げて笑みを浮かべた。彼女にも自分自身にもきわめて満足していた。ウィリアムズとクリングのようなトラブルメーカーはいるものの、病院の運営はきわめてうまくいっている。「もちろん、こじあけるための適切な道具を持っていることが前提だがね」

椅子から立ちあがり、窓に背を向けて立つ。その窓は、この部屋の装飾に合わせていればサテン地のカーテンがかかっているはずだが、実際にはくすんだ色あいの遮光カーテンが両脇に寄せられていた。医師はズボンのポケットに両手をつっこみ、笑みを浮かべたまま話を続けた。「牡蠣のクリングの口を開かせるのに、ちょっと手荒な手段をためしてみるとしようか」

看護婦はうなずいて、同意ととれる声を漏らし、サインのはいった許可証を手にして、出ていこうとした。

「すばらしいお天気ですよね、今日は」歩きながら、この接見をあまりに唐突に終わらせるのもどうかと思い、そう言った。

ドクター・ポープは陽射しにちらりと目をやってから、また背を向けた。

「夏が終わってくれるほうがうれしいね」医師は言った。「こういう気候だと全員の作業効率が落ちるからね。もっと寒くなってほしいね、本当に鋭敏になって気がひきしまるようにね」

看護婦は外に出て、静かに扉を閉めた。

医師は彼独特のエネルギッシュな動きでもう一度うしろを向き、開くかぎり大きく窓を開けて、常緑樹の影が落ちて黒っぽくなっている草深い地面の向こうを見やった。右手のほうにあるテニスのハードコートで、ショートパンツをはいた患者たちが輪になってサッカーボールを投げていた。不器用に、無表情に。医師はしばらくそれを観察して、教官のうんざりしたような怠慢な態度をあとで叱責すべしと頭のなかに書きつけた。それから、微笑んでいる愛の天使《キューピッド》たちの下のデスクにもどった。

まるで医師の非難の視線に気づいたかのように、外にいる教官はちょうどその瞬間、ぴんと背すじをのばし、やる気がなさそうにうんざりした声でどなった。「そこのおまえ、クリング、だかほかの名前だったか、しゃんとしろよ、頼むから。おい？」

呼ばれた男はボールが投げられたときにまったく準備ができておらず、そのうえ実をいうと自分が何のためにこの恣意的な白線の引かれた熱く赤っぽい平面に立っていなければならないのかもすっかり失念していたが、まず教官を見て、それから自分の脚にあたって跳ねかえり、ざらついたコートの上をゆっくりところがっていくボールを取ろうと身をかがめた。大きなボールをひろい、まるでそれをどうしたらいいかわからないというように両手で持った。自分自身とこのかたい丸い物体のあいだにどんな関係があるのか考えもつかないというように。それから、少ししてから、となりに立っている男のほうにボールを投げた。二メートルと離れていない距離だ。それからすぐにまたそのことを忘れ、彼の頭のなかにはそのできごとについては何ひとつ残ってはいなかった。ただ、今のように誰かに呼びかけられたときにいつもわいてくる落ち着かない憤懣のようなものがあるだけだ。

何ヶ月ものあいだ、彼はクリングと呼ばれてきた。それは彼の名前の全体ではなく、最初の一音節にすぎない。彼の名前は、まったく異なる発音に慣らされたこの国の人々の舌で発音するにはむずかしすぎるのだ。最初のうちは、短縮形で呼ばれても気にしなかったし、満足すら感じていた。なぜなら、ニックネームで呼ばれるのと同じように、自分がほかの人々に同志として認められたように思えたからだ。だが長い時間がたった今、彼はその呼び名が大嫌いになっていた。やつらはおれから何もかもを奪い去った、おれの名前でさえも。ときどき、陰鬱で悲惨な気分がいすわったとき、彼はそう考えた。〝やつら〟というのは眠る部屋や食事や毎日の作業を共にしている別の人種の男たちのことでもなければ、特定の個人たちのことでもなく、彼をつかまえて乱暴な目にあわせ、彼の家があるふたつの小さな湖と山々から引き剝がしてはるばる海を渡り、この平坦な国に連れてきた、人ではない機械のことだ。

そして、この短い音節の響きが厭わしく思えるもうひとつの理由があった。

ゲームが——そもそもそう呼べるものならだが——終わり、患者たちはのろのろと散っていった。お茶の時間まで、わずかながら自由時間があった。男たちの何人かは病院にもどり、いくつかのグループになって煙草に火をつけ、立ち話をしている。芝生の上に長々と寝そべる者もいれば、常緑樹の木陰の分厚いマットのような草地でのんびりする者もいた。

クリングは小さな土手の上に、ひとり腰を下ろした。彼は若くてとても大きく、身体の幅も広く、非常にりっぱな体格をしていた――胸板の厚さや色の黒さ、黒い犬のようにかたくごわついた髪、労働のせいで筋肉の発達した腕、ごくかすかに外側に寄っている目を気にとめなければだ。病気のようにはまったく見えず、とんでもない力持ちのように見えた。ただ彼の動作はすべて、ひどくぎくしゃくしてのろく、胸から上の部分がいちじるしく不自然に硬直していた。それは最近やっと癒えた傷のせいでもあったし、彼が内側にかかえているあの重苦しいもののせいでもあった。

土手には陽射しが降り注いでいた。クリングは汗をかきながらそこにすわっていた。タンクトップシャツの腋の下に暗い汗じみが広がり、むきだしのがっちりした毛深い脚にとがった草の葉がちくちくあたっている。胸が石のように重苦しいのを感じながら、彼はじっと時がすぎるのを待っていた。意識して待っていたわけではない。彼の無気力は相当に根深いもので、ほとんど無意識と分かちがたくなっていた。風が吹いて、丈の高い草がやさしく波打つようにそよいだが、彼は気づかなかった。太陽が輝いていることにも気づいていなかった。頭を垂れてじっとしている彼の身体で、動いているのはゆっくりとした息づかいと、タンクトップの上にゆっくりと広がっていく汗じみだけだった。胸は熱して濡れていて、憂鬱のずしりとした石のような重さで痛かった。胸骨の下に黒い石がずしりと沈んでいるようだった。大きな黒い目は憂鬱に満ちて瞳孔が開き、まっすぐ前を見つめていて、太陽のまぶしさで目が痛んだときだけまばたきをするぐらいだ。そしてひたいに何本か真横に深く刻まれたしわに、汗がたまっていた。

そうして彼がすわっていると、ガーデニング用の道具や鋤や熊手や鍬を肩にかついだ患者の列が近づいてきた。一列に並んで歩く彼らの横を、引率する男が歩いている。その男も病院着を身につけていたが、袖に腕章がついていた。クリングは彼らがやってくるのを見ていた。彼のなかのまだ生きている部分すべて——憤りや憂鬱や惨めさ——とぼんやりと曇ったような混乱がゆっくりと緊張を高めていき、危険域に達した。鋤のよく磨かれた刃がきらめくのが見え、彼は身震いした。すべての意識が凝縮して恐怖になる。危険の信号が草地のなかを彼に向かってくるからだ。見守るうちに彼の呼吸はどんどん速くなり、胸が激しく上下するまでになった。ガーデニングの一団が土手の下まできたとき、彼はぶざまにあわてふためき、立ちあがった。

立ちあがるときに、金属がガチャンとあたる音が聞こえ、鋤や鍬の刃のつややかな表面が陽射しを受けてぎらりと輝くのが見えた。次の瞬間、彼は走っていた。ぎこちなくよろめき、内なる重みと戦いながら、鋤を持つ男たちから逃げた。

「クリング！」と大声で名前が呼ばれるのが聞こえ、もう一度ガチャガチャ《クリング》！と金属がぶつかる音がした。さらに走る彼の耳に、鋤が石にぶつかってガチャン《クリング》と鳴るのが聞こえた。今や鋤を持っているのは彼のようだった。湿った両手でつるつるすべる持ち手を痛いほど握りしめ、巨大なぶかっこうな石の下に刃をさしこんで力をこめる、やがてついにまた壮絶なガチャン！という音を鋤がたてて、鉛のように重たい石のかたまりが傾いてころげ落ち、切り取られた老人の顔がその下に隠された。クリングは六号室の扉の前で、走っていた足を止め、締め殺されそうな息でむせびながら——通りかかったふたりの男が驚いたように彼を見つめた——あの巨石の死の重みが自分の胸を押しつぶそうとするのを感じていた。

彼は病室にはいり、自分のベッドに横になって、流れてくる汗のしずくを入れまいとして目を閉じた。それからしばらくのあいだは、何ごともなかった。あの石と抗う息苦しさ以外は何も。

これはもうずっと前からわかっていたことだった。トラックが爆破で吹っ飛ばされて九メートル下の峡谷に落ち、あの落ちてくる石を見て、それがぶつかるのを感じたあのときからずっと。あのとき、石は彼の骨を砕き、筋肉や腱や血管を引き裂きながらはいりこんできて、胸のなかにどっかりといすわったのだ。あれ以来、石はずっと彼のなかにあった。最初のうちはごく小さな石のように思えていた。ただの何も感じない場所、胸骨の下の痺れたような一点にすぎないと。前に軍医にそう話したことがあったが、軍医は笑って、石なんかはいっちゃいないさ、そんな可能性すらないと言った。それ以降、彼は二度とその話をしなかった。一度たりとも。だが、最初から彼はひどく心地が悪かった。石とそれから発生する重苦しさに圧迫されていたのだ。そして突然、笑うこともしゃべることもできなくなった。彼はずっと、石のことを考えないようにしてきたが、石はどんどん重くなって、ついにはほかのことは何も考えられなくなった。やがて、石がほかのあらゆるものを押しつぶしてしまい、彼はその石を抱いて歩くだけでひどい労力を強いられるようになった。だが実のところは、それほどひどいというわけではなかった。なぜなら、その石の重み《weight》で押しつぶされているおかげで、彼は何者でもない無でいられて、そのおかげで痛みも不安もなかったからだ――あるのはただじっと待つことで、それもまた何もない無だった。けれどもときおり、眠りにはいっていく瞬間などに、その死の重石がわずかに持ち上げられ、そこからあの掘り出された顔たち、あの石、掘り出す作業、あの老人がよみがえってくるのだ。

だから彼はベッドの上で、まったく動かずにじっと横になって、死んだような無感覚に包まれるのを待っていた。もしあの石の死の重みが持ち上げられて呼吸ができるようになったら、あの老人が出てくるとわかっていたからだ。

出てくるのはいつもあの老人で、ほかの誰でもないというのは、奇妙なことだった。

今、あの石の重みが持ちあがってゆき、当初の息苦しさがようやく消えて少しのあいだまどろんでいたクリングは不意にぎょっとおびえて目を覚ました。茶色い枯葉のなかに横たわっている、あの血にまみれた顔の老人がもどってきたのだ、鼻の穴から長くのびた毛をはみださせ、破れたシャツをはためかせながら。

それは、〈青い湖《ブルー・レイク》〉のそばのあの部屋に死んで横たわっていた彼の父親だった。ちがう、あの男ではない。自分の家を思い出すとき、彼の目に浮かぶ顔はひとつもなく、ただ空を背景にそびえる、割れた卵の殻のようにぎざぎざした山々の輪郭が見えるだけだった。それからふたつの湖、〈ブルー・レイク〉とハープのような形をした湖だ。それと、緑がかったぶ厚いガラス瓶にはいった酸味のある地酒のワインを出す宿屋と、そこの壁にかかった小さなタンクのなかでひしめきあっているたくさんの鱒。密集した流線形の魚たちがガラスの向こうをくねくねと泳ぐさまが見えることもある。けれども顔はひとつも浮かばない。故郷の顔たちはすべて、あの石に遮断されていた。

戦争のことを思い出すとき、浮かんでくるのはいつも掘る作業だった。彼は屈強で鋤を使い慣れているように見えたので、最初からその仕事をあてがわれていたからだ。それからたくさんの顔。ひどく破損していたり、恐怖にひきつっていたり、静かだったり、なんとも不快だったりする顔たち、あまりにたくさんの顔たち。それを残忍な光から隠そうと必死になって、唾がすっぱくなるまで重労働にいそしんだこと。

どれだけたくさんの顔を土と石ころで覆ったことだろう？　何千という数なのは確実

だ。そしていつでも、さらに何千という数が待ち受けていた。彼はずっと掘りつづけ、狂っていった。破損した顔たちを覆い隠さなければならないという狂乱にも似た義務感の衝動に、いつも突き動かされていた。そして、埋葬班の責任者だったあの将校を思い出すこともあった。しじゅう冗談口を飛ばしたり、歌ったりしていた男を。あの男も実はちょっとおかしくなっていたにちがいない、酒か何かの過剰摂取のせいで。だがみんな土を掘り、シャベルでわきにどけつづけた、手がまめだらけになってその痛みにもほとんど気づかなくなるまで。なぜなら将校が「ヘイ！　ハイ！　ホー！」と陽気な大声で叫んでいるからだ。

あの午後、あの峡谷に歌声はなかった。峡谷の岩のあいだには、樫の枯葉のなかにたくさんの死体がころがっていた。少年も老人もまじっていた。そのときはとにかく急いでいて、口のなかに苦い味がして肺がずきずきと痛むのを感じながら、鉄のようにかたくなって鋤がほとんど食いこまない、岩だらけの地面をたたき割ろうとしていた。空は灰色で蒸し暑く、平板で静かだった。やがて誰かがどなり、ほかの者はみなトラックにもどろうと走りはじめた。彼も走った。ちょうどそのとき、あの老人が仰向けにべたりと倒れているのが見えた。ずたずたになった顔の片側一面に血が凝固してこびりつき、そこに枯葉がくっついて血に染まり、黒ずんでいた。

今、クリングは、あの石が横にころがされ、その物体があらわにされるのを見ていた。もはや彼のなかの重石はなくなり、彼はその物体を見つめていた。ベッドが揺れているように感じられるのは、彼の両腕と太腿の筋肉がひきつって、全身ががくがくと揺れているからだ。

心臓がどくどくと激しく打っている、彼はその物体を見つめた。車輪のない台車のような木のベッドに死んで横たわっている父親の鼻の穴からはみ出ている毛を見つめ、あの峡谷のぴくりとも動かない男を見つめた。いや、もしかすると彼が見たのは風にはためく破れたシャツだったかもしれない、ただ風はなかった。彼は足を止めて調べようとはしなかったが、なんとしてもそれを平板な光にさらしてはならない、隠さねばならないという強迫的な衝動に突き動かされて、鋤を振り上げてあの頭でっかちの岩の下に突き入れて押し、しゃにむに格闘してついにぐしゃりとつぶれる音を聞き、あのぼろぼろに裂かれた顔が視界から消えたことを知った。あの石の下で形をとどめぬほどにつぶされ、隠されたことを。あの石なのだろうか、彼の胸に押し入り、その真っ黒な死の重みで彼の心のなかにずっしりと沈みこんでいるのは？

今、またその重みが落ちてきたので、もはやなんの苦痛も恐怖もなくなり、ベッドは揺れなくなった。あるのはただじっと待つことだけで、それは本当は何もない無なのだ。青い服を着た男たちが、しゃべりながら病室のなかを動きまわっていた。

彼にわかるのはそれだけだった。ベッドに横になっているうちに汗はゆっくりと乾いていき、あの老人はありがたいことにあの石の下に埋められている。ほかの者たちはクリングにまったく注意を払わず、クリングも彼らに注意を払わない。みんなの話し声が聞こえてはいるが、聞こえていることがわからない。そこに女性の声が鋭く切り裂くように響きわたる。「ウィリアムズ、それからほかのみんなも、なぜ病室でぐずぐずしてるの？」彼が頭をめぐらすと、あの看護婦がはいってきたところだった。彼女は彼にも話しかけてきた。「クリング、あなたはお茶のあとドクター・ポープのところに行くのよ。そろそろ起きて身なりを整えたほうがいいわよ」そして彼女が戸口から出ていく前に、薄青い冷ややかな目が自分に注がれるのが見えた。

「『起きて身なりを整えろ』」ウィリアムズと呼ばれた男が言った。「それが病人への口のきき方か」

クリングは何も言わず、ただじっと彼を見上げた。

「そんなもの、くそくらえだ」ウィリアムズは言った。「そういう準備だのなんだの、全部くそくらえだ。病人を軍隊にもどすためのばか騒ぎはな。大砲の餌食にできる兵隊ども、やつらが気にかけるのはそれだけだ。おれらみたいなあわれなばか野郎を食い物にしてやがるんだ。励ましの言葉だの、元気にさせる薬だの。薬を打ってしゃべらせる。無理やり眠らせて、電気ショックだの何だのを浴びせる。くそったれたモルモットが大勢、それがおれたちだ。くそ、そうじゃないか？」

クリングはうつろな目でウィリアムズを見つめていた。

「ここにいるクリングを見ろよ」ウィリアムズは言った。「こいつがとんでもなく病んでるってことはどんなばかが見たってわかる。どうしてそっとしといてやれないんだ？　どうしてこいつをくそったれた軍隊にもどさなきゃならないんだ？　しかもここはこいつの国ですらないんだぞ。どうしてこいつはそんなもののために戦わなきゃならないんだ？」

無の存在という遠い彼方から、クリングは自分の周囲の顔たちを見ていた。それらはみな彼を見ていたが、何の意味も持たなかった。ウィリアムズもほかの面々と同様、何の意味もなかった。それでも、彼はウィリアムズがしゃべりつづけるのを聞いていた。

「くそったれたゲシュタポのやり口だ。スパイみたいにこそこそかぎまわって人の話を盗み聞きしやがる。看護婦どもめが。どうしてそんなやつらのために戦うんだ?」

ベルが鳴り、患者たちは病室から出ていきはじめた。クリングはまっすぐ上を見つめたまま、いろんな形の意味を持たない顔が離れてゆくのを見ていた。それから、まだそこにいるウィリアムズを見た。ウィリアムズは彼を見つめ返すと、笑みを浮かべて言った。

「お茶に行こうぜ、お仲間?」その言葉に、クリングは何か忘れていたもの、ずっと昔に失ったものがあることにうっすらと気づき、彼の内部のとうの昔に死んでいた何かがもう少しで息を吹き返しそうになるのを感じた。だがそれを復活させるにはあの石があまりにも重すぎた。自分がしたいと思ったのは笑みを浮かべることだと、彼には知るよしもなかった。

「じゃあまたな、あんたがここにいるって言うんならな」ウィリアムズが言った。彼はポケットから〈ウエイツ《weights》〉のパッケージを出すと、ベッドの上のクリングの手のすぐわきに煙草を一本置いたが、クリングの手は動かなかった。「あのろくでなし医者の野郎に何もさせるなよ」ドアに向かって歩きながら背後にかけたウィリアムズの声を、クリングは聞いていた。

クリングはその煙草を吸いはしなかった。取り上げることすらしなかった。が、しばらくすると起きあがり、あまりよく覚えていない体操を練習しているようなぎくしゃくした動作で顔を洗い、シャツと青いズボンに着替え、量の多い髪をブラシで梳き、廊下を歩いて、くだんの医師の名前がついている扉の前に行った。

扉の外側には長椅子があり、彼はそこに腰を下ろして、じっと待った。廊下は暗かった。灯火管制のため、どの窓も黒く塗られていたからだ。長く暗く静まりかえった廊下で動くものは何もなく、その廊下の端で、クリングは長椅子にひとりすわっていた。前かがみになり、両手を組んで膝のあいだにはさみ、病院服の赤い結びひもをだらりと垂らし、目をじっと床に向けて。扉の向こうでこれから何が起きるかなどと、考えてはいなかった。彼はじっと待っていた。何も考えず、待っているという意識もなしに。彼にとってはどれも同じだった。戸外だろうが、ここだろうが、病室のなかだろうが、彼は意識しない。待っている、そのことにはなんの変わりもない。

看護婦が扉を開けて彼を呼び、彼は立ちあがって前に進んだ。看護婦の向こうに続く廊下の壁を見ながら考える、この場所にはいったいどれだけの石があるのだろう。どれだけたくさんの顔と石があるのだろう。その思考はなんらかの意味を持つ前に消え、彼は部屋にはいっていった。

「その寝椅子に横になってほしい」ドクター・ポープが彼に言った。「これから注射をする、きみはちょっと眠たくなるだろう。けっこう楽しい気分になるはずだ。害はまったくないからね」

言われるままにすなおに、何も考えないまま、いつもの不自然にこわばった動きで、クリングは身を横たえた。

座面の高い寝椅子に横たわり、驚きもせずににぎやかな天井を見つめた。花々や群がる童子天使の顔は、彼の目にはほかのものと同様、特に珍奇には見えなかった。医師と同じく、天井も彼になんの影響ももたらさなかった。彼に影響をもたらすものなどなかった、胸のこの重さをのぞいては。まるではじめて見るように医師を見ながら、彼は待った。看護婦がよどみなくアルコールで腕をふき、止血帯を巻いていく。はるか遠くで腕が止血帯に締めつけられ、締めつける布に圧迫された筋肉が破裂しそうになり、それから小さくちくりとする痛みを感じた。針が静脈にはいったのだ。

「力を脱いて」医師は言い、注射器内の液体が下りていくあいだまったくの無表情で待ち受けている顔と、大きく見開かれた、極度に瞳孔の拡大した目を観察した。

専門家らしく励ますような笑みを浮かべ、顔から胸に目を移す。ぴちぴちに張りつめた白いシャツの下でかたく盛りあがっているがっしりとぶ厚い肩、かたく握りしめた力強い手、たくましい太腿の上で張りつめている粗く青い布地、きちんと靴ひもをかけていないためぶかっこうに盛りあがっているブーツへと視線は動き、ふたたび表情のない顔にもどっていった。その顔の、長年の屋外活動で深部まで日焼けしていた肌が黄色がかってきていることに、医師は気づいた。まるで病院の壁のなかで、ゆっくりと色が薄れてきたかのようだ。

「さて、気分はどうだね?」医師は笑みを浮かべながらたずねた。男は返事をせずに、じっと医師を見上げていた。

「話してもらいたいんだよ、クリング」医師は言った。「何を悩んでいるのか、話してもらいたいんだ」

彼の患者、クリングは彼から目をそらし、天井を見上げた。

「きみはいったい何を考えているんだ？」医師は訊いた。

クリングは何も言わずに上のほうを見つめていた。四肢がわずかにひきつりはじめていた。

「話せば、気分がよくなるぞ」ドクター・ポープは言った。

看護婦は長い注射を終え、器用に針を抜いた。血が一滴、貫かれた静脈からしみ出した。彼女はその上に脱脂綿のきれはしをそっとのせると、無言で道具一式を持ってうしろに退き、じっと立って見守った。

「何のせいでそんなに憂鬱なのか、きみはわたしに言わなきゃならないんだ」医師は声を大きくした。身をかがめてクリングの肩に手を置き、クリングの耳に口を寄せて大きな声で、きわめてはっきりと言った。「きみはひどく憂鬱なんだろう？」

クリングは大きく見開かれた、黒い、さまよえる動物の目で医師を見つめ、自分の肩に置かれている手を感じていた。肩がひくひくとひきつり、内なる何かが解き放たれようとしているように思えた。胃がむかむかするのを感じた。眠いような奇妙な感覚がどこからともなく浮かんできて彼をぐったりと疲れさせる、というより吐き気を催させた。

「なぜきみは憂鬱なんだ?」質問が聞こえた。「何かがあったんだ、そうだろう? 何か、忘れられないできごとが。それは何なんだ?」

医師がとんでもなく近すぎる位置に立ち、自分のほぼ真上に身をかがめているのをクリングは見ていた。肩をつかんでいる手が罠のようにがっちりとくいこみ、奥のほうから飛び出てくるかのようにゆがんだ顔が天井に描かれたたくさんの顔の下の宙に浮かび、怪物みたいに醜悪に見える。目はぎらぎらと光り、口は恐ろしげに開いたり閉じたりしている。クリングはうめき声をあげて、頭を左右に振り、その目から逃れようとした。だが目は彼を逃がそうとしない。奇妙な眠たさだか吐き気だか死だかが近づいてくるのを彼は感じたが、そのとき彼の胸のなかで何かが崩れた。あの石が動き、眠たさが寝椅子の脚に押し寄せてきて、彼はまたもやうめいた。前より大きく。胸をつかみ、シャツと胸骨の上の赤いひもをしわくちゃにしながら。

「きみは何かひどいことをされたんだろう?」医師の声が耳元でどなるのが聞こえた。

かたい寝椅子の上で身体が向きを変え、よじれるのを感じた。あの目と声と、彼をがっちりとつかみ、今は揺さぶっている手から逃れようとしてよじれるのを。彼は目を閉じて逃れようとしたが、しょっぱい涙だか汗だかが目にしみて無理やり開かせ、自分がどこにいるのか、何が起きているのかわからなかった。彼は恐ろしかった。あの奇妙な眠たさが間近に迫っているのがひどく恐ろしく、声をあげて助けを求めたかった。沈黙を守るのはむずかしかった。だがその恐怖のただなかでも、どこかで考えていた——やつらは何もかも奪い去った、おれの沈黙まで奪わせはしないぞ。それから奇妙なことに、ウィリアムズがどういうわけかその一部になっていた。彼の笑みが、彼の煙草が、彼がしゃべったことが。

「何かひどいことは、きみがやったのかね?」言葉が聞こえた。

肩を揺さぶっている手は、もう感じられなかった。彼はただ、自分の顔が濡れているのを感じていた。眠たさの向こう側でひとつの声がうめきつづけ、もうひとつの声がどなっていたが、それを聴きとることはできなかった、なぜならちょうどそのとき、あの石が動いて彼の胸から完全に離れてしまい、眠たさがせりあがってきてその物憂げな頭を彼の胸の、石のあった場所に横たえたからだ。

彼はこの奇妙な眠たさを見つめようとした、正体を知ろうとした。だがそれは何の形ももたず、ただだるく彼の上にわだかまっていた。ガスのように。そこに見えるのはたくさんの顔が集まってつくられた雲だけだった。地表全土でもそれだけたくさん埋められるほど大きな墓地にはなれず、もはや笑みひとつ、煙草一本、声ひとつ記憶できるような余地もない。

あの老人がいた。しばらく前からそこにいた。今は枯葉のなかに倒れているのではなく、立っていた。前に身をかがめ、聞き耳をたてている。今度はその老人とのあいだに何か通うものがあるはずだと、クリングはわかっていた。自分が何か言うはずなのだ、情状酌量を求めるとか、懇願するとか。そうすれば老人が答えるだろう。けれども、言わなければならないこと、というより、それをあらわすために見つけねばならない言葉はまだ出てこなかった。

老人が彼の上にのしかかり、彼の顔に血が滴り落ちたが、彼は胸の上にのっているもののせいで動くことができなかった。彼が動けないと見るや、老人はいっそう低く顔を近づけ、父親の鼻の穴のなかに剛い毛の束が立っているのが見えた。もうすぐ自分はしゃべるにちがいない、それがわかった。かっと目を見開くと、老人の顔が彼の顔にほとんどくっつきそうになっており、ただの血まみれの穴でしかないその顔の側面が見えた。突然、必死の取り乱したあえぎと共に、母国の言葉がほとばしり出るのが聞こえた。彼が聞いたのはそこまでだった、なぜならその瞬間に、眠りが彼に到達し、彼の顔にかぶさったからだ。

ドクター・ポープと看護婦は、クリングがしゃべりはじめようとするのを見守っていた。医師は三十秒ほどのあいだ、それがはじまるのを見てとり、熱意たっぷりに待ち受けた。看護婦も期待をこめているような顔をしていた。最初の声が出たとたん、ふたりとも前に寄り、医師は患者のほうに身をかがめていたのだが、今はふたりとも寝椅子からうしろに離れていた。

「こんなことになるんじゃないかと思ってたんだ」ドクター・ポープはいらだたしげな声

で言った。「まったくいまいましい。ここには通訳できる人間などいないだろうな？」

「残念ながら」看護婦は言った。

「腹立たしいことだ」医師は言った。「結局、この男からは何ひとつ得られないということか」

「残念ながら」看護婦はもう一度言った。

「まったく腹立たしいうえに失望の極みだ」ドクター・ポープは言った。「まあ、そうだな、もうこの男の治療をする意味はないということだ」

天の敵

The Heavenly Adversary

『……秩序が完全に崩壊している文化社会においては、君主と召使いは敵対し、老人と若者は殺しあい、父と息子は憎みあい、兄弟はたがいに非難しあい、もっとも親しい友人どうしでもたがいに反目しあう。夫と妻はたがいに不貞をはたらき、……日を追うごとに危険が増してゆき……社会のなかの絆が薄れてゆき……人の心は野獣化してゆき……貪欲さが増してゆき……義務と良識は忘れられていく……

雲が、犬や馬や白鳥や馬車の列の形をとってあらわれる……もしくは、青い衣をまとった赤毛頭の動かぬ男の形をとって。その男の名前はこうだ。〈天の敵〉……または、たくさんの戦う馬の群れの形をとって。その馬たちは〈殺しあう馬たち〉と呼ばれる……たくさんの蛇が町のなかを西から東へ這ってゆく……馬と牛がしゃべりはじめ、犬と豚が交尾をはじめ、狼が都市にはいってくる。男たちが空から降る……国内にこのような徴候があらわれながらも、国の君主が恐れて政《まつりごと》を改めようとしなければ、神は不運と悲しみと災厄を下されるだろう……ありとあらゆる種類の死と絶滅、地震、壊滅と悲嘆がやってくるだろう……これらはすべて、国家の秩序が崩壊したことによりもたらされるのだ……』

呂不韋（訳注―中国戦国時代の秦の政治家）―紀元前三〇〇年ごろ

どうして彼はわたしを置いていったのだろう？　いったいどうして？　この部屋でわたしたちふたりの夕食の用意をしていたときから、まだ一週間もたっていない――実のところはほんの四、五日だ――なんてもう信じられない気分だ。あの晩、わたしたちは本当に幸せだった。というか、たぶんこう言うべきなんだろう、わたしは本当に幸せだったと。というのは、いろんなできごとがことごとくわたしの期待とは大ちがいの結果になったせいで、わたしはこれまで以上に切実に、この世で道を踏みはずしたように感じているからだ。まるで、生まれてからずっと、現実とはまったく関係のないすじがきにそって動いてきたとでもいうように。外見がまったくあてにならないとわかると、本当に頼るべきなのは自分自身の感覚だけだ。そして少なくともこれだけは、なんの疑いもなしに言える。あの晩、わたしはこのうえなく幸せだったと。

たぶんそれは、あの小さな家でわたしたちがいっしょに食べた、二回めか三回めの食事だった。その家には、あの赤っぽい色の髪の見知らぬ男とこの街の同じ地域で暮らすために、わざわざ引っ越したのだった。まるで雲から降ってきたみたいにわたしの人生に落っこちてきて、二度と感じることはあるまいと思っていた幸せを、わたしにもたらしてくれたあの男と。

当時は小さいながら楽しげな家だと思えていたのだ。黄色い鎧戸と、梯子みたいなつくりの急な階段と、ひとつひとつちがう色に塗られている、奇妙な形の小さな部屋たち。リビングルームは一面ペールグリーンで、毎日わたしの仕事が終わったあとでいっしょにその下を散歩した木の芽どきの木々を思わせた。寝室はアーモンドの花の色。キッチンは青と白で、白い部分は子どものころにその上で終わりのない魔法の旅をさんざんした記憶を残す皿のような純白だった。

こうして過去形で書くと、まるでこれらの部屋がもはや存在していないかのようだ。けれどもわたしはまだここにいる。ほんの数日前のあの晩、本当に幸せな気分で食事の用意をしていた、その同じ青と白のキッチンに。あのとき、彼がわたしに何げなく言ったのだ――「いつかきみはこのことを書くだろうね。だって結局はすべての美しいものが勝利するにちがいないんだから」

そしてわたしは答えた（ちょうどそのときはオーブンから陶器の皿を出していて、自分の言っていることよりもそちらのほうに気をとられていたことを覚えている）、こう答えたのだ。「そうね、わたしたちの仲が完全に終わったら、覚えていることを書くと思うわ。だってそれ以外にあなたのことを残す方法はないもの」

この家の外観は、今もまだ、こうした言葉がかわされたときとまったく同じだ。壁の塗料はまだ新しく、黄色い鎧戸は今も、通りすがりの人々に浮ついた明るさを見せつけている。ただ、この家の性格がこのわずかな期間のあいだにすっかり変わってしまっただけだ。家の個性が変わってしまったのだ。この家はもはや楽しげではない。いえ、そうじゃない。たしかに楽しいかどうかは、わたしを取り囲んで情け容赦なく失われた喜びを思い出させるこうした明るい色の壁とはまったく関係ない。外観は何も変わってはいない、でもそこのあらゆる形に意味をもたらしていた息吹が消えてしまい、ただ抜け殻だけが残されているのだ。

周囲にある数少ない持ち物を見わたすと、そのどれもに、その本質とも言える、おもしろみややさしさが分かちがたく結びついていて、まるで突然の悲劇で脳みそのたががはずれてしまった愛しい血縁者――たとえば兄――と向き合っているような気分になる。何かも、そうなる以前と何ひとつ変わってはいない。容貌も、体形も、髪も。ただ必要不可欠な要素がひとつ欠けている。それがなければ人間はなんの意味もなく、存在もできず、ひとりの個人とは言えない、そういう要素が。

頭のおかしな人間を愛した人がいたなどという話を、わたしは聞いたことがない。そんなことは不可能だと、わたしは思う。哀れみや嫌悪を感じることはあっても、愛にはなるまい。わたしがこの家に対して抱いている感情は嫌悪と哀れみがない混ざったもので、誰かわたしに非常に近しい人間ながら、人格がひどく破綻してしまっていて、もはやわたしといかなる形でも接触をもつ可能性がまったく残っていない相手に対する感情とまったく同じだ。

これらの部屋、これらの品々を見て、ほとんど恐怖に近い思いに襲われることがときどきある。なぜなら、それらはみな、その存在理由《レゾン・デートル》そのものが失われてしまっているからだ。この壁はなぜまだ立っているのだろう？　毎日毎夜、この街のあらゆるところでたくさんの建物が破壊されているというのに、この家はなぜ無疵で残っているのだろう？ どうしてこれほどまでに頑なに壊れまいとしていられるのだろう、わたしがここに住もうと決めた当初の目的を果たせる見込みは、もはやまったくないというのに？

そう、それはちょうど、正気を失っている男といっしょに暮らすことを、もしくはもっと悪い場合として、愛していた相手の死んだ肉体、悪魔が化学反応を支配して死後分解が起きなくなってしまった本当の死骸といっしょに暮らすことを強いられているようなものだ。

わたしが最初に書きはじめた言葉、「どうして彼はわたしを置いていったのだろう？」その言葉が、どんなに追いやろうとしても、わたしの頭によみがえってやまない。あの男のこと、いつも青い服を着て、わたしが見ていないときにやってきて、静かに、気づかれることなく去っていった男のことをあれこれ考えて自分を苛むことになんの意味があるだろう？ ただ、わたしは知っておく必要があるのだ。彼が行ってしまったこと、遠く離れてしまったこと、もうもどってこないということを。彼は突然、わたしを置いて去った。なんの前ぶれも説明もなしに、さよならと言いもせずに。あの晩、彼がしようとしていることを知っていたら、何か彼の決意に影響を与えるようなことを言うとかするとかできただろうか？　その疑問を、わたしはたびたびむなしく考える。たったひとりで、もはやわたしにはなんの意味ももたないこの部屋のなかで。

そもそもなぜ人は壁や窓に、もしくは棚の上に見つけることのできない本のなかに、意味を見出そうとするのだろう？　何もかもが混沌として説明不能であり、人々があらゆる種類の死や絶滅、壊滅や悲嘆に絶えず苦しんでいる街では、とにかく言えるのはこれぐらいなのだ――「あの晩には」、あるいは「これこれこうしたあの日には、わたしは幸せだった」

わたしはけんめいに、はるばる世界をつっきってこの不幸の家に連れてこられる原因となったこの苦い謎を解こうとしてきた。わたしはただ、陽射しのなかで平和な暮らしができるという自由がほしかっただけなのだ、鳥たちが爆弾の落ちる音で恐怖に駆られて飛び立つようなことのない国で。このところわたしは、もしかしたらこうしたできごとはすべてひとつにつなぎあわされているのではないかと考えている。たぶんあの青いスーツを着てわたしを幸せな気分にさせてくれた男、唐突にわたしを置いて消えた男は、そこだけ考えるとあまりにひどい仕打ちだが、たぶん彼は、何かはっきりとは見通せないすじみちでわたしの判決とつながっているのではないかと。でなければ、わたしの手のなかに手がかりを置くという明確な目的をもってやってきたのかもしれない。ちゃんとたどっていけば、最終的に真実にたどりつき、わたしの身に降りかかったこうした災厄はすべてあるべきものだったのだとはっきりわかるというような手がかりをもたらすために。

果たされない責務、つまりは告発として以外に、彼が言ったあの言葉をどう解釈できるだろう？　あのときはほとんど気づかずに聞き流してしまったが、今思えばこのできごと全体のもっとも重要なポイントだったと思えるあの言葉――「結局はすべての美しいものが勝利するにちがいないんだから」

弟

The Brother

あの日々が完全に死んだ過去のものとなり、この手にあり余る時間を有している今、わたしと弟との関係について何か記録しておかねばという切実かつ多大な必要性を感じている。そしてそうできるということが（実際、紙が不足しているにもかかわらずたっぷりの安物の雑記用紙と鉛筆の配給があったということは、書けと促されているようなものだ）、おそらくわたしなどよりはるかに判断力に長けている方々が、われわれ兄弟の長年にわたる埋もれた葛藤が同じような不運な状況に置かれているほかの人々のための貴重な先例となると判断なさったからだと思えてならない。

今や、昔を思い出す時間はたっぷりある。一枚の陰気な絵画を構成している、とぎれとぎれの遠い昔の小さな写真、それらについて思い出し、よく見てじっくりと考える時間はたっぷりあるのだ。

この孤独な小部屋で、友もなく、未来もなく、夢すらもなくじっとすわりながら。何時間もここにすわり、海の奇妙にくぐもった低音《バス》の轟きに不規則にまじる中高音《コントラルト》の懇願する声のような響きに耳を傾けながら、わたしはある決意をかためた。おおまかな概要のようなものを書くことに決めたのだ。詳細にわたる分析はわたしの力では及ばない作業なので手をつけないが、弟とわたしが相互の関わりのなかでたどってきたパターンの簡略な素描のようなものを書いてみようと。こんなことをするのは、わたし自身の立場をよく見せようと望むからではない（そんなことはできはしないとよくわかっているし、望んでもいない）し、わたしの不運について書くことで他人に利益をもたらしたいという愛他的精神によるものでもない。ただ単に、自分のなかでいろんなことをはっきりさせておきたいから、そしてそうするのにいちばんいいのはそれら全部を書き留めてみることだからだ。

まずはいちばん最初からはじめよう。わたしは二歳上の兄だ。生まれたのは春、火星の下に生まれた。そして誕生日には家で、いつも母親がいくつかある花瓶に、こわばった装飾用豆電球のようなチューリップを活けていくのを見ていたものだ。

弟は真冬の厳寒期に生まれた。その冬は尋常でなく寒さが厳しく、わたしたちの家の向かいがわにある広場の噴水が水ではなくきらめく氷のしぶきを噴きあげていたとか、何十羽というスズメが凍死しているのが見られたとか、母親から聞かされたことを覚えている。とりわけ記憶に残っているのは、誰か（たぶんそれは母が入院していた病院の医師のひとりだと思う）が不意にドアを開けて通りに出たときに、ブーツの下で何かがじゃりっとつぶれるのを感じ、見てみると死んだ鳥たちが重なっていたという話だ。寒さから逃れようと戸口に集まってきて、麻痺したのにちがいない。

わたしがスズメと聞いて思い描くのはその砕かれた小さなこわばった死骸たちで、それはわたしの弟についての初期の記憶と結びついている。

わたしの弟。やれやれ、今になって、自分がはじめたことのむずかしさが本当にわかってきた。弟のことを書こうとすると、わたしの思考はふらついてそっぽを向いてしまう。それは弟のことをよく覚えていないせいではない。記憶ははっきりしすぎていると思えるほど鮮明だ。だが意識を集中するのは何か違法な行為のように思える。まるで現実に埋葬されている弟の遺体を不敬にも掘り出そうとしているかのように。まるでわたしの脳細胞自体が禁じられた作業を拒んでいるかのように。わたしはためらいはじめる。気がつくと海の音に注意深く耳をすましている。まるで海にいるいくつもの耳には聞こえない声が、わたしにメッセージをよこそうとしているのではないかというように。だがどれほど真剣に海の音に注意をはらおうと、はっきりしたメッセージを聞きとることはできない。聞こえるのはただ、際限なくつづく押し殺されたどよめきのような音だけで、それはしだいに、かつてわたしたちが住んでいた家のそばにあった木立ちを吹き抜ける激しい風の音のように聞こえてくる。

わたしの弟。ゆっくりと、ゆっくりと、その姿かたちがわたしの目の前にあらわれてくる。けれども今になってもまだ、それは弟のはっきりした姿ではない。さまざまな場所で撮られたさまざまな年齢の写真のなかの一枚というのではなく、それらが溶け合ってできたおぼろげなものだ。白い肌、赤い頬、栗色の髪。弟の肌はきわめて白く、その誕生を見ていた窓の氷華からの贈り物ではないかと思えるほどだった。こんな美しい白い肌が男の子についているのはむだだ、女の子ならよかったのにと、弟はよくからかわれていた。だが弟は大柄で力も強く、女の子っぽいところはみじんもなかった。思うにそれが、弟がそうしたからかいをまったく意に介さなかった理由なのだろう。それと、弟が本来もっていた陽気で人好きのする性質とが。わたしがもっとも鮮明に覚えているのは、弟の髪だ。きれいな金色の光沢を帯びた赤茶色の豊かな巻き毛をたたえたすばらしい頭、絹のようにつややかで細い髪の毛。わたしが女の子だったら、弟の髪を指で梳いて、巻き毛をのばしてみたいと思うだろう。その巻き毛は、手を離したとたんにくるんともとにもどるにちがいない。わたしは弟の髪に手を触れたことはない。そしてなぜかそれがさびしいことに思える。もし、たった一度でも、その頭に手を触れたことがあったなら、もっと簡単に記憶をよみがえらせることができただろうと思うのだ。

わたしの母はよく、そういうふうにして弟を慈しんでいた。だがそれはたびたびというわけではなかった。何にせよ、わたしがその場にいたときにはそうしなかった。夕べの時間にみんながいっしょにいるときによく、本の上にかぶさっている弟の頭に母の目が愛しげに注がれていることに気がついたものだ。わたしの嫉妬を招いたり、わたしの心を傷つけたりする心配がなければ、母は手をのばし、ランプの下で美しく輝く弟の髪の毛をなでていたことだろう。そうわたしは感じていた。

かわいそうな母さん。ふたりの息子のちがいをどれだけ残念に思っていたことだろう。生まれた状況からしても、わたしたちはまったくちがっていた。そして母の悩みと心配の種だったのは、すべてわたしだった。

弟は、凍てつくような夜明けの輝きに包まれて、あっさりとこの世に生まれてきた。赤ちゃん時代から健康で愛らしく、一瞬たりとも母をひやりとさせたことはなかった。しかるにわたしは長時間の難産の末に血まみれで引きずりだされ、何年ものあいだ生死のあいだを揺れ動いて、次から次へと起きる病気や事故の餌食となっていた。不運な子ども時代のあいだずっと、わたしの生命はいかにも危うく、すっかり成人するまでは、わたしの身体はなかなかこの地上にとどまれそうには見えなかった。

春生まれの子どもがあまり丈夫でない傾向があるのは、ちょうど胚の発育する時期に自然界で緊張が高まるためだという、心理学者の理論を読んだことがある。けれどもわたしの成長期だったころは、春と夏に生まれた子どもはその季節らしい快活な性格をもつものだと一般に思われており、友人たちはよく驚いたと言っていた。幸先のよい季節に生まれたわたしがしょっちゅう病気になるいっぽうで、凍りつく季節に生まれ出るというハンディキャップをもつ弟が心身ともに完璧な見本のような健康であることにだ。

当然ながら、わたしたちふたりが比較されていること――それももちろんわたしに不利な形で――に、わたしが気づかないはずはなかった。弟は背が高く、体格もがっしりしていたうえ、肌も生き生きとしてつややかで、見た目もよかった。親切で愛想がよく、頭もよかった。わたしはひょろりとして弱々しく、靴ひもを結ぶにもぜいぜいとあえがずにはいられなかった。顔色は悪く、髪はぱさついて光沢もなく、活気がなく気も利かない性格で、すぐすねる性質《たち》だった。

弟が友だちを家に連れてきたときは、わたしはひとりで自分の部屋に隠れていた。でなければ、もっと悪いことに、意地の悪い小鬼《ゴブリン》のように彼らのただなかにすわり、せっかくもりあがった雰囲気にせせら笑いや沈黙や辛辣な発言で水を差していた。

こうして時がたつにつれ、徐々に疎外されていったのは、ただもう自業自得というしかなかった。最後の最後まで、弟はいつも気が利いて、温厚で、わたしと仲良くしたがっていた。弟がよく、仕事が終わったあと、職場のある街の中心部で同僚たちといっしょに夕べをすごすかわりに、家に帰ってきて、おもしろい話をしてわたしを機嫌よくさせようとしていたことを思い出すと、恥ずかしさと自責の念でわたしの心は沈みこむ。弟は本当に忍耐強かった、そしてわたしはほとんど反応を示さなかった。あまつさえ、弟にけんかをふっかけて、せっかくの労をだいなしにしようとすらした。だが弟はどんなにされても怒って敵意を見せることはなく、わたしが頑なに不機嫌を通すつもりだと見てとると、ただため息をついて部屋から出ていった。けっして責めることなく、ただがっかりしたような悲しげな顔をして。それを思い出すと、わたしの心は張り裂けそうになる。

そして母。母についてはまだ何か書いたことはない。あれほどにわたしたち兄弟の暮しの中心を占めていたというのにだ。わたしの父は、わたしがほんの二歳か三歳のころに死んでおり、わたしはまったく覚えていない。わたしの最初の記憶はすべて母のものだ。わたしのほうに身をかがめてくる母、ひんやりした手でわたしをなでる母、カップを持ってわたしの唇に押しつける母、熱に浮かされていて終わりがない迷路のように思える夜のあいだわたしをなだめている母、比較的元気で発作もおさまっている時期に貴重なお出かけに連れ出してくれている母。そういう子ども時代の母は明るくきれいだった。よく笑い、歌い、独特のちょっと変わったユーモアの持ち主だった。わたしが思い出したい母はそんなふうだ。少女のころの母は、弟と同じ明るい色の髪と色白の肌をして魅力的だったにちがいないのだ。子どものころ、弟が母の小さいころにそっくりだという話をみんながするのをよく聞いたものだ。

母の明るさをまだ若いうちから損なわせたのは、わたしの世話をする心労だったと考えると、わたしの心は痛む。母は異常なほどにわたしに献身していた。当時のわたしは、それがあたりまえだと思っていた。一日でも母の世話なしで放っておかれたことなどなかったのだ。だが今はわかる。わたしを死なせまいとする母の決意、あらゆる打撃からわたしを守ろうという決意には、何か狂的なもの、ほとんど異常とも言えるものがあったと。母の保護ぶりにはいくらかの——どう言えばいいのだろう?——倒錯的な気配すらあった。わたしの無事を願う母の意思は母性愛という自然な範囲を超えてマゾヒスティックな資質すら備えていたという以外に、どう言っていいのかわからない。

わたしのために、母はまだ若くて魅力的な女性だったというのに、人づきあいや娯楽をすべて犠牲にしていた。わたしが病弱でめったに外出もできなかったせいで、ほんの短期間とは言え、ほぼ完璧な引きこもり生活を送ったときがたびたびあった。弟が食い扶持をかせぐようになり、友人たちを家に連れてくるようになると、母の活気がちょっとよみがえってきたことにわたしは気づいていた。母はふだんより若々しく見え、もう忘れていたかのようなかつてのユーモアをたたえた口調でふたたびしゃべるようになった。色があせてきていた髪すら、いくぶん活気をとりもどしたように見えていた。

けれども、こうした若い人々を見る喜びも、彼らがいるとわたしが落ち着かなくなるという理由で、母は拒むようになった。弟が友だちを家に招くのはやめさせるべきだと、母は考えたのだ。なぜなら彼らがくるとわたしがいつも動転するうえ、彼らのおしゃべりに刺激されて怒りっぽくなったからだ。

このあとほどなく、わたしたち兄弟の一方的な摩擦は激しくなり、ごくたまにふたりいっしょにいるときですら、わたしが弟と仲良くすることはできず、そうする気もないことがはっきりしてきた。このころ、わたしは激しく逆上するようになっていた。わたしは嫉妬していたのだ、弟の容貌に、人気に、社会の有能な一員としてこの世界でちゃんと役割を果たしているということに。一方でわたしは暗い部屋のソファの上に横たわってすごすみじめな存在であることを強いられているということに。その嫉妬にはさらに、すさまじい劣等感が加わっていた。そしてこのふたつがあいまって、血中で繁殖する致死性細菌のように、弟への制御不能な攻撃性という毒を生み出し、しじゅう暴力をふるい、まったく理不尽な言いがかりを浴びせることとなった。

弟は、母の示唆に従ったのだろう、わたしたちといっしょにいる時間がどんどん減っていった。寝るのは相変わらず家でだったが、日中のほとんどはよそですごし、わたしがベッドにはいったあとかなりたってから家に帰ってくるようになった。

母は弟のことも、家にいる時間がどんどん少なくなっていることも口にしなかった。わたしはといえば、まったくの自己中心の殻におさまり、これまで以上に母の注意が自分に向けられるようになったことがうれしくて、母の喜びと自分の喜びはまったく同じなのだと思って自己満足に浸っていた。

そのころのわたしたちは、ささやかな家庭内のこまごまとした出来事に明け暮れていた。わたしはソファで休んで読書をし、調子のいいときには戸外をぶらついてすごした。母は家事をして、特別な食材を料理した。わたしの食事の用意はほかの誰にもさせなかった。このころの母は、ついにきっぱりと、自分の若さと訣別したかのようだった。髪には白髪がまじりはじめ、ひどく寡黙になっていた。憂鬱そうというわけではなかったが、陽気ではなくなっていた。わたしに向ける態度は静かながら明るかったが、笑みを見せることはめったになくなっていた。わたしはまったくの老婆のようにけだるそうにすわっている母をしばしば目にして、かつては生き生きとして移り気だった女性の変わりようを不思議に思ったものだった。その変わりようにうろたえたと言うつもりはない。ある意味で、わたしは安心感をおぼえてすらいたのだ。母がほかのすべてをあきらめたことで、これまで以上に完全にわたしのものになったとでもいうように。

わたしが望んでいたのは、母とふたりきりで常にいっしょにいることと、母がわたしを雲でくるむようにしている保護を誰にも邪魔されないことだった。

さて、そろそろもっともむずかしい部分に手をつけるとしよう。頭がくらくらしてきたのを感じる。急がなければならない、混乱に完全に呑みこまれる前に。

その日は深刻に冷えこんでいて、わたしはインフルエンザの襲撃から回復しつつあるところだった。弟はわたしからうつされていたが、それほどひどくはなく、二、三日のあいだ家で寝ていた。

弟がようやく階下に降りてきた日、わたしたちは、わたしがほとんどいつもいる書斎ですごしていた。わたしはいつものソファに、弟は暖炉のわきの安楽椅子にすわっていた。ふたりで一度に数分以上の時間を同じ部屋ですごすのは本当に久しぶりだった。それぞれ本を読みながら静かにすごしているうちに、弟がちらちらとわたしを見ていることに気づいた。まるで、何か言いたいことがあるとでもいうようだった。あくまでひねくれていたわたしはしばらくのあいだ気づかないふりをしていたが、とうとう目を上げると、熱心に、訴えかけるようにわたしを見ている弟の目と合った。

わたしが見ていることを知ったとたん、弟は本をわきに置いて立ちあがり、わたしのほうにやってきた。ソファのわきに立ち、抗しがたいほど率直な笑みを浮かべてわたしを見下ろして、やさしい訴えかけるような声で話しはじめた。最近疎遠になっているのをどんなに残念に思っているかと言い、もし何かでわたしを傷つけたのだったら許してくれと懇願し、母さんのためだけにでも、もうちょっと仲良くなるように努力できないものだろうかと訊いてきた。

弟は本当に熱をこめて、本当に単純な友好的精神と善意にあふれてしゃべっていた。おかげでわたしは不意に弟への気持ちが和らぐのを感じた。おお、神よ、あのときは本当に弟に屈したいと思ったのだ、この真っ黒な心臓をむしりとって弟の足元に投げ出したいと。わたしは弟を愛したかった、そして愛し返してもらいたかった。弟の手が愛情をこめてわたしの肩に置かれたとき、わたしはその力に屈して応じてしまいそうになった。

だがまさにその瞬間、恐ろしい発作に襲われたのだ。頭がぱっくりと割れてしまいそうだった。そして脳のその耐えがたいほどの鬱血状態を解放するためとでもいうように、激しい咳きこみの発作がはじまり、わたしの身体を凶悪に揺さぶった。胸を取り巻く壁がばらばらにはじけてしまいそうに思えた。

痙攣発作を起こしたわたしを、弟は支えようとした。今でもその顔が見えるようだ。病後でちょっと青白くやつれた顔が突然、ショックと動揺で真っ白になっていた。母が薬を入れたコップを手にして駆けこんできたが、わたしはもはや飲める状態ではなかった。こうした危機に慣れている母は、どうすればいいかを知っていた。アンプル剤があって、それを割ると蒸気が出て、それを吸えばわたしは落ち着くのだ。けれどもめったにない手ぬかりのせいで、家のなかにそのアンプルがひとつもなかった。母はすぐさま、それほど遠くないところに住んでいる薬剤師のところに走っていこうとして、用意をはじめた。だがわたしは母の意図に気づくとすぐさま母を引きとめた。母の手を握りしめ、痙攣発作の最中だというのに出せるかぎりの力で置いていかないでと訴えた。

おれが行くよ。即座に弟が申し出た。すでにもう戸口に向かっていた。

でもそんなに風邪をひいてるのに、外に出ちゃだめよ。母が言った。まだ完全に治ってはいないのに。

発作に苦しむ極限状態にありながらも、母がそう言いながら弟に向けた苦悩に満ちたまなざしが見え、わたしの手のなかで母の手がびくりとするのが感じられた。

あいつを行かせてよ。わたしはそう言おうとした。あいつなら平気だよ。あんなに丈夫なんだもの。実際に声が出ていたかどうかはわからない。とにかく、弟は出ていった。

母はもうそれ以上抗議はしなかった。無言でわたしのためにできることをし、アンプル剤がもたらされるまでわたしの激しい苦痛を和らげようとした。のちほどわたしは手伝ってもらってベッドに移った。激しい発作だったわりに、それほど大事には至らなかったのだ。

次の日、弟は重篤な肺炎になった。夕刻には譫妄状態に陥り、その次の日は意識不明に陥った。息をひきとるまぎわ、意識がもどった。悲しみと言葉にはできない恐怖のようなもので打ちひしがれたようすで、母はやってきて、わたしを寝ている場所から連れだそうとした。

来なさい。母は言った。あの子がおまえを呼んでるのよ。

わたしは弟のベッドわきに行きたくなかった。恐ろしかった。

来なさい。それまで聞いたことのない厳しい声で、母は言った。あの子は死にかけてるのよ。

震えながら、わたしは母についてその部屋にはいった。

医師だけでなく親戚も何人かいるものと思っていたが、見当たらなかった。見えたのは弟だけだった。枕を重ねた上に上体をあずけていた。そして変わりはてていた。短期間ながら致死の病は弟をすっかり変えていた。顔はげっそりとこけて土色になり、髪はあの光沢を失い、湿ったひものようになってひたいにへばりついていた。ベッドのわきに立ったとき、わたしは激しい震えに襲われた。あそこでわたしと向き合っていた顔は、呼吸するのも苦しくてゆがんでいた死にゆく顔は、わたしの、それとも弟の顔だったのだろうか？

弟がわたしに何か言おうとしているのが見てとれ、わたしは弟のほうに身をかがめた。弟が呼吸する恐ろしい音はあまりに大きく、わたしの頭のなかで響いているかのようだった。死の苦しみに苛まれている男の苦悶がのりうつってきたように思え、身体の震えが制御不能なまでになった。弟の上に倒れこむのではないかと思えるほどだった。とうとう、言葉が出た。はっきりと、だが人間のしゃべる言葉のようではなく、はるか彼方から届いてきた。

かわいそう。

まるで、いくつもの大洋と大陸の彼方からしゃべりかけてくる声を聞いているようだった。そしてだいぶ遅れて、ひどく静かに、ほかの誰にも聞き取れないように小さく、言葉がつづいた。

兄さんが。

そのあとどうなったか、わたしは知らない。覚えているのはただ、すさまじい痛みに全存在を貫かれたことだ。かけがえのない貴重なものが失われてしまった、もうとり返しがつかないという意識、まるで生きるために不可欠な臓器が身体からむしりとられたかのような。

あわてふためいた騒ぎ、悲嘆に満ちた叫び、急いで駆け寄ってくる医師、それらをぼんやりと覚えている。泣き叫んでベッドにつっぷしたのはわたしだったか、それとも母だったのか？　よくわからない。わかっているのはただ、弟が死に、誰かがわたしを支えて部屋から連れ出したということだけだ。

しばらくのち、たぶん何時間かあとだったと思うが、わたしはまたいつものソファに横になっていた。夜中だった。テーブルの上で、重たいシェードのついたランプが燃えていた。わたしは鎮静剤を投与されていたのだと思う。落ち着かない眠りの深い底から百万段もの階段を苦労しつつ上ってきたような気がしたからだ。長い時間、わたしはまったく身動きせずに横たわり、テーブルクロスにかかる光の輪を見つめていた。クロスは古めかしいぶ厚い布地のもので、深みのある青色をしていた。それをわたしは、これまで見たことのない珍しいものを見るように、なんの感慨もない目で見つめていた。そうすることで、部分的とはいえ自分を現実からどうにか切り離していたのだ。すでに悲劇が起きてしまったことを知っていながら、同時にまだ気づいていなかった。

やがて、母が部屋にはいってきた。わたしは母を見なかった。それまではいつも、母がドアを開けると頭をそちらにまわしていた。慰めが得られるという絶対の確信と熱い期待をこめて。だがこのときは、わたしは母を見たくなかった。テーブルクロスから目を上げたくなかった。弟の死の床のわきでなったように、また激しい震えがはじまりそうな気がしていた。長く深い内なる震えがわたしの隠れた神経の上を走り抜けるのを感じた。

母は何も言わなかった。母が部屋の中央まではいってきて、テーブルのわきに立つのを、わたしは意識していた。何かこれという言葉をわたしが言うのを待っているんじゃないかと思えたが、それが何なのか想像もつかなかった。ひどくゆっくりと、このうえなくいやいやながら、わたしは目を上げた。

母は立ったまままわたしを見下ろしていた。片手をテーブルの上に置いて。母の何かが変わったように、わたしには思えた。黒い喪服ではない、このときにはもうかなり前から、母は黒い服を着る習慣になっていたからだ。蒼ざめて白い顔でもない。とはいえ、母の顔がいつになく白いことには気づいていた。まるで何か、これとはっきり言うことのできないものが母から奪われてしまったようだった。

わたしたちのあいだの沈黙が耐えがたいものになり、わたしは口ごもりながら、慰めるつもりで言葉をかけた。少なくともまだおたがいがいるじゃないかと言った。

そうね、もう残されたのはおまえだけだわ。低い、重苦しい口調で、母は言った。言いながら、母は、わたしがテーブルクロスに向けていたのとまったく同じ、なんの感情もまじえない異様な目でわたしを見つめていた。

夜、ランプが燃える静かな部屋に立ち、ひどく静かに揺るぎなく母がわたしを見つめているそのとき、突然恐ろしい啓示が壁に書き出されたかのように目の前に浮かび、わたしは何もかもをさとった。自分には何も見えていなかったという恐ろしい事実を。母がずっと愛していたのはわたしではなく、弟だったのだ。弟こそが長年わたしが母から奪ってきた宝、そして今永遠に母から取り上げてしまった宝だったのだ。

わたしの心を読んだかのように、母は言った。

おまえはいつだってあの子より強かったのよ、そして今、おまえは永遠にあの子を追いやってみせたのよ。

テーブルクロスの青い糸が母の袖にくっついていた。しゃべりながら、母は慎重にそれをつまみとり、投げ捨てた。なぜかはわからないが、母のその小さな仕草がわたしには耐えられなかった。わたしはうめき声をもらし、両手で顔を隠した。

それから母は部屋を出ていったにちがいないと思うが、わたしは母の出ていく音を聞いてはいなかった。だが一分ほどしてから、何よりも恐ろしいことが起きた。階段のほうから、母が叫ぶ声が聞こえたのだ。悪夢から絶叫して目覚めた人間があげるような、恐ろしい、人間のものとも思えぬ声音が。ああ、わたしたち、これからどうなるの？　どんなことが起きようと、あの恐ろしい叫びを忘れることはないだろう。どんなに高くぶ厚い壁を周囲にたてようと、あの叫びを締め出すことはできない。手にはいるかぎりのどんなものを持ってこようと、外で砕ける波の音に重なって今もずっとわたしの耳のなかに響いているあの音を打ち消すことはできまい。

わたしたち、これからどうなるの？　その質問の答えがついにわかるのだと母に言ってやれるかもしれない。だがその答えは本当はあの狭い箱のなかに入れられたのではないか、そしてわたしの弟の棺に続いて、わたしたちの家のあの暗い急な階段の旅路を運びおろされていったのではないか？　床屋がやってきて鏡を立てるたびに、わたしはそれに映る自分を見て考える。あのドラマ全体が今もまだここで続いているのではないだろうか、この小さな部屋で、この高い壁の内側で。おそらくそれに終わりがくることはないのだろう。というより、終わりがくるのはどんな鏡にももはやわたしが映ることがなくなるときだけなのだろう。おそらくわたしが死ぬとき、死が平和と休戦を運んできて、この悲しい内紛劇に終わりをもたらすのだろう。

カツオドリ

The *Gannets*

春の風の強い日だった。わたしは知らない道をたどって、崖の上を長いこと歩いていた。カツオドリたちが海に、落ちていく雪のように飛びこんでいた。海岸と平行に泳いでいる魚の群れを追っているのだ。今考えると、こんなところまで歩いてきたのはカツオドリを見るためだったのか、海岸を探索するためだったのか、それともただ、まばゆい午後だったからというだけなのか、もはやよくわからない。

長いあいだ低い潅木の茂みや岩のあいだを曲がりくねったあと、道は突然岬の上の急な傾斜を上りはじめた。前方の険しい道すじを見て、わたしは疲れていることと、思っていたよりはるかに遠くまできていることに気づいた。太陽の位置から、もう遅い時間になっていることがわかった。そのとき引き返すというのが分別ある行動だっただろう。とりわけ、ほとんど無意識にわたしが追ってきたカツオドリの姿が――巨大なトカゲの鼻面みたいな形の岩の岬のまわりではまったく見られないとあっては。けれども、長い帰り道をたどりはじめるかわりに、わたしは歩きつづけた。せっかくこんなにきたんだから、あのトカゲの頭の向こうに何があるのか見ておかなくちゃと自分に言いきかせて。本当に険しい上りで、道は松葉やごろ石ですべりやすく、頂上に着くころには息が切れていた。しかも頂上からの見晴らしには、ここまでやってきた労力に見合うようなものは何もなかった。どれほど遠くに目を向けても、見えるのは松林と潅木の茂みを上にのせた黄色がかった岩の断崖だけで、それはこの午後じゅうずっとわたしの目の前にあったものだ。

数メートル離れたところの、下りの斜面のくぼ地に、木造のあばら屋があった。最初は昔のボート小屋か使われなくなった漁師小屋だろうと思った。なかば崩れかけた小屋で、見たところ、おおざっぱに釘で打ちつけた羽目板と針金と、打ちのばしたブリキ板の継ぎはぎとでかろうじてつなぎあわされているようだった。あまりにもぼろぼろで人が住めそうには見えなかった。だがそれでも、居住者がいるという徴候が見てとれた。ドアの前にはむいたばかりのジャガイモの皮の山があったし、かつては柵だったと思われるぼろぼろの支柱には言葉では言いあらわせないほど汚らしい敷物がぶらさがっていた。

わたしはそこに一分ほど、風に吹かれながら立ち、上ってきたせいで切れた息を整えながら休んでいた。いったいどんな人間がこんなむさ苦しいところに住まねばならないような悲運や堕落に見舞われるのだろうと考えていると、五、六人の子どもがあらわれ、かたまりあって海を眺めた。子どもたちはあばら屋と同じで、言葉では言いあらわせないほどむさ苦しく、ほとんど裸同然で、まったく世話を受けていないようだった。子どもたちは海の上の、岬のこちら側ではずっと近いところで海に飛びこんでいるカツオドリたちを指さしていた。翼をたたんで稲妻のように宙を切り裂き、次から次へと水しぶきをあげて水面に飛びこんでいるカツオドリたちを。子どもたちがなんと言っているかはよく聞きとれなかったが、いくつかの言葉と子どもたちの身ぶり手ぶりからすると、鳥たちが近くに寄ってくると思っているようだった。これからどうなるか見ようと、わたしは待った。わたしたち全員が、カツオドリを見つめた。鳥たちは今はもう飛びこんだり波間を探したりするのをやめ、ごくたまに羽ばたきをするだけでわたしたちのほうに不気味に滑空してきていた。そして案の定、頭上すぐのところで耳障りな鳴き声の嵐がわきおこり、ほとんど何も聞こえなくなった。無数の、先端の黒い長い翼が太陽を隠し、何もかもを影で覆った。冷ややかな丸い目と獰猛な嘴だけがぎらぎらと光っていた。鳥の群れは子どもたちを目にするやいなや威嚇するかに見え、子どもたちに向かって恐ろしげな声で性急な叫びを浴びせかけた。わたしは警告のようなことを叫び、子どもたちに家のなかに駆けこむようせかした。子どもたちはまったく意に介さなかった。興奮と期待でいっぱいの顔をしていたが、驚きの色はまったくなかった。彼らはよく知っている行事の一部になっているように見えた。カツオドリたちは彼らのひとり、いちばん小さな子どもめがけて急降下をはじめていた。ほかのふたりの子どもがその小さな女の子の棒のように細い腕をつかんで引きずっていく。まったく疑いの余地のないことに、そのかわいそうな小さな子どもは生贄なのだった。そしてすでに鳥たちに捧げられていた。持ち上げられた少女の顔にあまりに衝撃的なうつろさをもたらしているのは恐怖のみではなかった。その顔には黒々とふたつの大きな穴があいていた。すでに目をえぐりとられた、血まみれの穴が。わたしはまたもや叫び声をあげ、走りだした。両手を振りまわしてカツオドリたちを追い払おうと考えたのだ。けれどもそのとき、つまずいてどさりと倒れたにちがいない。ぎざぎざの岩の上に倒れて、目をまわしたにちがいなかった。なぜなら起きあがったとき、断崖は静まりかえって誰もいなかったからだ。風は完全にやみ、太陽は、炎のような色で縁どられた陰気な雲のすじの向こうに沈みつつあった。

あのようなすさまじい残虐さがどうしてこの世界にはいりこんできたのだろう。そうしばしば考える。誰が創りだしたわけでもなく、誰がはじめたわけでもない。そしてどんな聖人も、天才も、独裁者も、大金持ちも、そう、たとえ神の子その人であろうとも、駆逐することはできないのだ。

写真

The Picture

太陽が輝く午後、わたしは写真を引き取りに出かけた。もちろん、特に何かがあったからというわけではない。ただ、冬の陽射しは故郷の地よりもこちらのほうが輝かしいからというぐらいだ。だがその午後は、まるで冬がもうほとんど終わったかのように、陽射しが輝いていた。まるでもう次の日は、春の最初の日になりそうだというように。

異国の冬は、たとえ陽射しがあったとしても、耐えがたいものだ。くる日もくる日も寒い朝が目を開き、にらみつけてくる。まるで見知らぬ敵であるかのように。春になれば、きっと何もかもが楽になるわ。見知らぬ環境にいるとよく持ちあがるつらい状況や困難な問題にぶちあたるたびに、そう自分に言い聞かせたものだ。

今話しているこの日、通りを歩きながら、わたしは春がもう間近に迫っているのを感じて、幸せだった。その町は、かつてはかなりにぎわっていたようだったのに、全体的に冴えない外観を呈していた。いくつかの建物の上で旗がなびき、心地よい風の吹く海辺の空気は活気にあふれ、あざやかな赤い脚と嘴をもつカモメの群れが、公園で食べたランチの残りを笑いながら投げてくれる少女たちを追いかけていた。

　そうした光景を見る喜びに、店で引き取る写真のことを考える喜びが加わっていた。一週間前にその店で額装を頼んだのだ。そしてその週のあいだずっと、その写真をわたしの部屋の壁に掛けるときがきたらどんなに幸せな気分になるだろうと考えていた。異国のなかに盟友ができるようではないか。

　店の主の老人は、この日にはもう額装がしあがっていると約束してくれていた。通りを歩きながら、わたしはこの老人の慈悲深い地の精《ノーム》のような外観と、写真に興味をもってくれて、どんなタイプの額がいちばんよく合うかと親切に助言をくれたことを思い出していた。故郷を遠く離れてはるばる旅をしていたわたしは、慎重になることを学んでいた。誰かに望みをかけたり、希望的観測と呼ばれるようなものにひたったりするのはよくないとわかっていたが、今回の場合は、大丈夫だと思えていた。あの老人に失望させられることはないという確信があった。

　その店は通りの日陰の側にあり、これまで歩いてきた反対側の歩道からそちら側にわたったとき、日陰側と日向側の温度のちがいに驚かされた。店のなかは本当に寒く感じられたうえ、暗くもあって、そのため戸口をくぐって最初の何秒間か、店には誰もいないと思ったくらいだった。このあたりの店では、ひまなときには店番も置かずに留守にする習慣がある。ふつうはカウンターの上に呼び鈴があり、はいってきた客が注意をひきたいと思ったときにはそれを鳴らすのだ。呼び鈴を——この店の場合はガラスでできている珍しいものだった——鳴らすまで、わたしは店のなかに誰かがいるのに気づいていなかった。中背でかなりやせた男、アルスターコート（訳注—アイルランドのアルスター地方に由来する防寒用長コート）のような長いコートを着てなんの特徴もない帽子をかぶった男がわたしに背を向けて立っていた。どうやら、ドアのすぐそばの高い衝立に留めてある何枚かのプリント写真を見ていたようだ。そのときに受けた印象を説明するのはむずかしい。なぜならその男の立っている姿勢——わたしに背を向けてちょっと前に身を乗り出し、薄暗い店内で目をすがめて前の写真に見入っている——から考えると、まったく非論理的で矛盾しているからだ。それはその男が、たとえ実際にわたしを見ていたわけではなくとも、わたしがはいってきたことにはっきりと気づいているという印象だった。

見知らぬ誰かに監視されていると感じるのは、はっきり言って気分のいいものではない。とりわけ、故郷から遠く離れて、ものごとが見かけとはまったくちがうとわかることがたびたびあるような場所にいるときには。明るい気分が消えはじめていた。そして、呼び鈴に応えて出てきたのが、予想していたあの老人ではないことにもがっかりさせられた。どういうわけか、わたしはあの老人を信頼していたようだ。出てきたのは、これまでに見たことのない黒髪の少女で、赤いワンピースを着ていた。少女がはいってきたとき、わたしはドアのそばの男を見て、そちらがわたしより先にきていたのだから、先に接客されるのだろうかと考えていた。だが男は振り返りもしなければ、姿勢を変えもせず、少女もそちらをちらりとも見なかった。そのふたりのあいだには、何か了解のようなものがあるようだった。どう見てもその男はふつうの客としてこの店内にいるのではなく、そのことがなぜか気にかかった。だが、何よりもまず、わたしは写真を見たかった。

なんのご用でしょうと少女はわたしに聞き、わたしが用件を告げるや、壁に立てかけてあるたくさんの茶色の紙包みのラベルを調べはじめた。またもや、説明することはできないが、彼女が探しているあいだにある考えに襲われた。彼女は真剣に探しているわけではない、本当はその茶色の紙包みのなかにわたしの写真が見つかると思ってはいないという確信に。あの老人が出てきてくれたなら、すぐに見つけてくれるだろう。そう思った。でも老人はあらわれず、わたしはどうしようもないという無力感を感じていた。状況はすでにわたしの手に負える範囲を超えてしまったようだ。言葉にするのはむずかしいが、起きていることの真の意味がどういうわけかわたしから隠されているという直感がわたしにのしかかってきた。そのくせ、それが明らかになるときがくるのが恐ろしかった。

少女はあてどもないような手つきで写真の包みをひとわたりさわったあと、ひとつを選んで――わたしにはまったく適当に選んだように見えた――カウンターの上に置いた。これです、と彼女は言った。どうやらわたしがそれ以上疑問もはさまずに受け取ると思っているようだった。

でもそこに書いてあるのはほかの人の名前よ、とわたしは言い、茶色い紙の上に鉛筆で書かれた文字を指さした。その文字はあいまいで読みとれなかったが、わたしの名字と名前を合わせたよりもたくさんの文字が書かれていた。

ここではじめて、少女はうっすらと笑みを浮かべた。すぐに直せますよ、と言い、ポケットから消しゴムを出して、包みに書かれている文字をすばやく消した。はい、どうぞ。

そう言ってわたしのほうに包みを押しやり、奥にはいろうとした。まるで、この一件が申し分なく解決したとでもいうように。

ちょっと待って。わたしは呼び止めた。これがちゃんとわたしの写真だってことを確かめなくちゃならないわ。わたしは急いで包みをほどきはじめたが、ひもがとてもきつく縛ってあって、開けるのに何秒もかかった。そして思ったとおり、なかにはいっていたのはわたしの写真ではなく、シルクハットをかぶったカエルというばかげた子どもだましのプリント写真だった。わたしはそのばかげたしろものの上に紙をかぶせた。見るだけで腹がたってきたのだ。それから叫んだ声の悲しげな調子に自分でも驚いたことを覚えている。もちろん、これはわたしのじゃないわ。どうしてわたしの声は怒っているようには聞こえないのだろう?

少女は店から奥の部屋にはいるドアを開けたところだったが、ぽかんとした顔でわたしを見た。おじいさんならわたしの写真のことを全部知ってるわ。わたしは言った。どうかおじいさんをここに呼んで話をさせてもらえないかしら? 少女は答えなかった。拒否するつもりではないかとわたしは不安になった。だがそれから、相変わらず何も言わずに、少女は奥にはいり、わたしたちのあいだのドアを閉めた。

ここで、わたしは落ち着かない気分で、うしろに男がいたことを思い出した。今までしばらくその存在を忘れていたのだ。何げない感じでちらりとそちらを見た。男を気にしていると思われたくなかったからだ。最初、男は出ていったにちがいないと思った。だがそれから、ただもっと暗い片隅に移動しただけだとわかった。男はそこで、さっきとまったく同じ姿勢で立っていた。だが、ひどく暗い場所なので、男がじっと目を向けている写真の細部を見分けることなど不可能なはずだった。つまり彼は、本当はわたしを見張っているのだ。その考えがわたしの頭をよぎった。突然、今すぐこの店を出るべきだという考えが浮かんだ。これ以上写真のことで悶着を起こしたりせずに。

通りに出るドアのほうに一歩踏み出したとき、あの老人が奥の部屋から出てきた。わたしはほっとして、すぐに老人のほうを向いた。この人なら何もかもをちゃんと正してくれるだろうと信じて。わたしの写真を取りにきたんです。そう老人に言った。覚えてるでしょ。わたしに助言をくださった、あの写真よ。今日、できあがってるはずでしょ。

写真？　写真かね？　老人は思いもかけず不平がましい声でくりかえし、同時にいらだたしそうに左右に目をやりながら、わたしのほうに出てきた。何の写真だね？ここには何百枚という写真があるんだ。

わたしはすっかりうろたえて、しばらくただ老人を見つめていた。そのとき、ようやくわかってきた。また起きたのだ、この国でわたしの身にたびたび起きてきたことが。わたしはまちがいを犯したのだ、一見本物に見えるインチキだか落とし穴だか、悪意ある策略という罠にはまってしまったのだ。老人はわたしの間近に迫り、ごわごわした口ひげの下の歯が黄ばんで欠け、ネズミの歯のように汚いことや、悪意のこもる充血した目が水っぽい目やにでねばついているのが見てとれた。この顔が慈悲深いなどと、どうして思ったのだろう？こんなにやすやすと信じこむなんて、わたしはなんという愚か者なのだろう。

でもあなたはわたしの写真のことをきっと覚えてるはずよ。そうわたしは懇願した。これだけの目にあっても、まだあきらめきれなかったのだ。卑屈にもなだめるような口調で、前回会ったときのようすをくわしく話し、そのときに言われたことをくりかえした。老人はいやいやながら、わたしの話が終わるのを待っていた。立ったままあちこちに目をやり、耳のすぐ上のほつれた毛束に長い黒鉛筆をさしこんだり出したりしている老人がわたしの話を聞いているのかどうかはわからなかった。

はいはい。とうとう老人はいらだたしげにそう言って遮り、もう一度奥の部屋に続くドアに向かった。そこで白いエプロンをつけた見習いがテーブルで作業をしているのが、今度は見えた。

たぶんあそこにあるのだろう、わたしの大事な写真は。そうわたしは思った。もはや、この老店主に信頼のかけらも寄せてはいなかった。さっきの少女と同じで、彼も写真を見つけるつもりなどないのだと確信できた。探してみることすらしないだろう、たとえ——いかにもありそうに思えるが——実際にあの写真をわたしから隠しているのではないにせよ。あそこにはいっていって自分で探すことさえできれば、おそらくあのどこかで見つかるはずだ。そう考えていると、老人はわたしの鼻先で荒々しくドアを閉じた。

あの写真がほしいと思う気持ちがあまりに強かったので、今思えば、自分で探すべく無理にでもあの部屋に押し入っていてもおかしくはなかった。あの写真がほしいあまりに、すぐに、まさにその瞬間にあの店を出るべきだとわかっていたにもかかわらず、すでに長居しすぎたのだ。ちょうどそのとき、あの老人がごく細くドアを開け、ささやいてこなかったら、わたしは何をしていたかわからない。すまんがその写真のことをくわしく話してもらえるかね？　老人の顔が間近にあった、あまりにもわたしの顔に迫りすぎていた。胸が悪くなるようなネズミの歯をのぞかせた口がゆがんで、言葉では言いあらわせないような狡猾で悪意に満ちたせせら笑いをするのが見えた。そしてまさにその同じ瞬間に、店内のわたしの背後にいた男が、顔は見えなかったが、押し殺した笑い声としかとれない声を発した。そう、ふたりとも笑っていたのだ。この残酷な冗談の犠牲者が誰なのかは疑う余地もなかった。あの少女も、白いエプロンをつけた見習いも、わたしが立っているところからは見えなかったし、聞こえもしなかったが、わたしのことを大笑いしていたはずだ。

わたしはよろめきながら、どうにか店を出た。激しい恥辱と失望のあまり自分が何をしているかもよくわからず、通りに出てからまちがった方向に向かってしまった。太陽ももはや輝くのをやめ、陰鬱な風が雨の先触れとなる小さな渦にのせて埃を吹きつけてきた。

故郷から遠く離れていると、冬がどれほど恐ろしく長く厳しく思えることだろう。

あらゆる悲しみがやってくる

All Kinds of Grief Shall Arrive

人生では、まったくもって思いもかけない、奇妙なことが起きる。何年か前なら、そのうち当局から情報を求めるやつらがやってくるぞと誰かに言われたとしても、笑いを押し殺すのがせいぜいだっただろう。前科のない一般人であれば、せいぜいで官公庁ともめるぐらいのことしか起こりそうには思えない。当局と関わりあってしまった人たちの話をいろいろ聞いても、自分の身に降りかかるとはとうてい思えない。せいぜいで、有事の際に免疫をつけてくれるというぐらいだろう。そういうことはほかの人々に起きることだ。そうわたしは思っていた。わたしの身に起きることではない、と。当時のわたしはそういう不運な人々に対し、ちょっとしたあわれみとかすかな軽蔑のこもった、上から目線の態度をとりがちだった。まるで、そういうもめごとに巻きこまれたのは本人のせいだろうとでも言うような。あの当時、わたしはまだ、当局は現実には、個人の動機だの人格だの、公でのふるまいですら気にはかけないということを知らなかったのだ。まったく罪とがのない（とわたしたちには思える）誰かが、ただちょっと見すごしたとか、まったく本人の責任ではないのにある情報を知らなかったというだけの手落ちによって、いとも簡単に深く巻きこまれてしまうことがあるということも。

もちろん、実情としては、自分はやっかいな目に遭うのを避けられるという確信をもてる人などいはしない。完璧になんの落ち度もない人であっても、おそらく避けられはしない。なぜならそういう人は、疑う余地なく、自分は何もやましいことがないから安全だという誤った感覚を抱いているはずで、そのためちょっとした形式的なミスを犯しがちで、そこから官憲に目をつけられるはめになるのだ。そうしたごくささいな逸脱、そこから球はころがりはじめるのだ。公的手続きというのはいつもあてにならないものだが、ひとつ確実に言えるのは、いったんある名前が当局に提出されると、それがどんなに無害な事情であろうと、その名前が記録から抹消されることはないということだ。ある名前が提出される。たとえば、そう、何か本当にささいな口実で。一般の基準からすると賞賛に値するような市民活動すら、口実に使われるかもしれない。すると即座にどっしりした機械装置が動きはじめる。無数の歯車が回転をはじめ、新しい台帳が次々と開かれ、たくさんの書類が作成されてゆく。計り知れないほどたくさんの部署で、大勢の事務員が調査したり相互参照したり、記載して綴じたりする作業をはじめ、驚くほど短時間で膨大な調査書類が用意される。この調査書類、絶えず修正され更新されていくこの書類から、当該者は死ぬまで逃れることができない。さらにそれにとどまらない人々もいる。その調査書類は当該者の直系の子孫にまで及ぶ場合もあり、そうなると、親類に監視対象の者がいる人は誰でも、自動的に嫌疑者となる。でもわたし個人としては、このような極端な意見には同意しかねる。もしこれが正しいとすると、実質的にほぼすべての家族に嫌疑者がいることになるからだ。

こうしたことについての信頼できる情報がなく、無知から生じた伝説や俗信があふれているせいで、問題を抱えている人や自分もそうなりそうだと考える人が、お上の仕事についてほとんど理解していないような人物に助言を求めたりする。そんなわけで、人々がわたしのところにやってくるようになった。だが、彼らを助けることがわたしにできるとはとても思えない。たしかに、この数年というもの、わたしは当局を相手どってかなり経験を積んできた。そして、全体的に見ると事態はわたしに不利な方向には進まなかったので、わたしがことをうまく運ぶための特別なテクニックを自分なりに編み出したというようなうわさが広まったのだ。実際のところは、テクニックと呼ばれるような系統だったやりかたは融通がきかないので、基本的に一貫性がなく予測不能で気まぐれな反応をする当局を相手にする場合は奏効する見込みはとても薄いとわたしは考えている。けれどもこうした見解は、当局の論理という幻想に取り憑かれ、法律相談員がまくしたてる相矛盾する理論のせいですっかり混乱している一般の人々には、簡単に信じてもらえないのだ。

そして、ほら、みんなわたしにこう言うのだ――いかに理解不能な手続きでも、絶対にそれを統率している隠された法律があるはずだよ、と。正直なところ、お役所仕事と言われるものの多くは、わたしたちの目にはきわめて無意味で矛盾に満ちているように見える。でも、もしかしたらその裏にわたしたちにも理解できる定式のようなものがあって、いったんそれを把握すれば、それまではぐちゃぐちゃに見えていたものの意味がわかるようになる――そういうことがありうるのではないか？　わたしたちは本当は、そういう鍵を熱心に探すために全エネルギーを捧げるべきなのではないだろうか？

この疑問に満足できる答えを出すのはむずかしい。ときどき思うことだが、現実にあった例を出して説明するほうが、どんなに言葉を尽くすよりもはっきりとわかってもらえるのではないだろうか。たとえば、Aのケースだ。

Aのことは、ほとんど生まれてすぐというときからよく知っている。このところ、役所でいろんな駆け引きをしてきたせいか、当局を相手にトラブルを起こす不幸な運命にある人々がつけているある顕著なしるしに気がつくようになった。将来困難に陥る人々がすべてこうした特徴を備えていると言うつもりはない。とはいえ、こういう特徴をもっている人は誰であれ、遅かれ早かれ苦境に陥ることは確実なのだ。Aにはずっと、こういう顕著なサインが非常に強く出ていた。でも以前の幸せだった時期には、わたしはその意味に気づいていなかったのだ。

今でも思い出すのは、ある朝、Aがわたしに、役所から何か想像もつかない理由で出頭するようにという公式な通知を受け取ったと告げにやってきたときのことだ。それはまだ燦々と陽の照っている美しい日で、わたしのコテージのすぐ上のほうの荒地でウズラが鳴いていた。髪の毛を振り乱し、不安のあまり途方に暮れた顔に陽射しを受けて彼女が戸口に立っているのを見て、わたしは思ったものだ。こうした若い人たちが、われらが奇妙なお役所的機構に囚われてしまうなんて、なんと悲しいことだろう、と。せめて中高年なら、暗い時期を耐え抜く支えとなる記憶があるだろう。でもAのような、鳥を愛するもの静かな若い女性には、そういう内なる支えのようなものが何もないのだ。

さて、その訴訟は順当に進み、よくあるようにいつまでも結論が出ずにつらい思いをさせながらずるずるとのびるかわりに、かなり速やかに終結を迎えた。もちろん、その詳細は公表されることはなかった。知らされたのはただ、判決でAは有罪となり、実際に刑に服しはじめたということだけだった。そしてその次にわたしたちが聞いたのは――たしかにそれは唐突だった――彼女がこの国を出たということだった。彼女が逃げたと言っているわけではない。そんなことはありえないと、わたしたち全員が知っている。けれども、彼女が服役しはじめたばかりのときに異国に行くことを当局が許したというのは、控え目に言っても奇妙だと思われるだろう。わたしも最初にそれを聞いたとき、どういうわけかはわからないが異国の官憲に引き渡されたのだろうと考えた。けれどものちに、A本人からことの次第を聞いて、彼女の渡航にはいかなる種類でも明確な制限はなかったことがわかった。

彼女の話によると、彼女本人は(世間知らずにも)執行猶予をもらえたのだと考えた。

この国では恩赦が発布されることはめったにない——おそらく百年に一度ぐらいだ——ので、たいていの法律相談員はわざわざ恩赦を申請したりはしない。けれども若く楽天性にあふれたAは、自分の場合は情状酌量を受けるように選ばれた特例なのだと信じこんだのだった。ある日の午後、階級不明の役人がただはいってきて、いっさい何の説明もなしに彼女を釈放し、持ち物を返したというようなことだったらしい。あとで彼女がていねいに荷物を調べてみると、すべてがまったく手をつけられることなくそのままだったことがわかった——最後の審理の日にコートのポケットに入れた走り書きのメモにいたるまで。銀行も、小切手を現金化できるものかどうか、あやふやな思いで調べにいったら、彼女の口座はまだ開いていた。それどころか、かなりの額が匿名で振り込まれていた。

Aはなぜ、そのまま家に帰ってもといたところで暮らしを再開しなかったのかと疑問に思う向きもあるだろう。彼女がそうすることを妨げる要素は何もないからだ。でも、ちょっと彼女の身になって考えてみてほしい。想像してみてほしい、じろじろと見られ、ひそひそとささやかれ、ためらいがちに遠まわしの質問をされ、ぎょっとしたような顔や知りたくてたまらないという顔を向けられることを。来る日も来る日もそういうことと向き合わなければならないのだ、職場で、街の通りで、レストランで——行くところどこででも。想像してみてほしい、職場の上司たち——異例の状況なので彼女を解雇しても責任は問われないとはいえ、あからさまに嫌疑の目を向けるわけではなくともかなり冷ややかな目で彼女を見るにちがいない上司たちとの関係がどうなるかを。昇進できる見込み、彼女が選んだ職場で出世できる見込みはどれぐらいあるだろう？　さらに、そうした純粋に現実的な検討材料は置くとしても、想像してみてほしい、彼女は友人たちとどのようにつきあったらよいのだろうか。なかには疑う余地なく、冷たい目を向けてくる友もいるだろう。ほかの人々といるときに本当にくつろいだ気分になれることはもう二度とないだろう。なぜなら、自分とつきあっていることが公けの場に出たときに彼らの不利にならないとはかぎらないし、彼ら本人が——あわれみからか、礼儀正しさからか、誠実さからか——自分に対する本心を隠していないともかぎらない、そういうことがわからないからだ。そういったことすべてを考慮すると、異国に行く決意を彼女がしたのも驚くべきこととは言えない。

それだけではない、Aは若くて、縛られるものもなく、自由に使えるお金もあった。だから彼女は考えたのだ、今こそ世界を見てまわると同時に不愉快な人間関係から逃れるいい機会だ、と。現在いる場所からはるか遠くに旅するという簡単な方法で、病んだ手足を切断するように過去を切り捨てることができるという、誤った俗説を彼女は信じたのだ。

移動したのは成功だったと彼女は考えたようだ。遠く離れた国では彼女のことを知る者はなく、白紙状態から出発して、まる一年のあいだ、きわめて満足のいく暮らしができた。そう彼女はわたしに言った。でもわたしの胸にはいくばくかの疑いがある。彼女の話のこの部分はいつもおぼろげで現実味に乏しく、まるで完全には思い出せない夢みたいだからだ。この期間についてわたしがたずねると、いつもAは、奇妙にあいまいな返事をした。ええ、そうよ、もちろん幸せだったわ。彼女はわたしにそう言う。命の洗濯ができたわ、と。でも、詳細について問いただしたときは、彼女の思考はさまよいはじめるようで、落ち着きなく視線をさまよわせ、両手を意味なく動かしながら、同時にこうくりかえすのだ。そうよ、わたしはとても幸せだったわ。けれども、それはかなり奇妙に漠然とした感じで、ますます疑わしいとわたしには感じられていた。

それであなたはどんな暮らしをしていたの？　何をやっていたの？　あちらではどんな

友だちがいたの？　できることなら、もっとはっきりしたことを引き出したいと考え、わたしは質問を重ねたものだ。だが彼女はそうした質問にちゃんと答えようとはせず、ただ、ごまかすように言うだけだった。たいしたことはやってなかったわ、田舎で暮らしてたのよ、かなり人里離れたところだったから、友だちをつくる機会もたいしてなかったのよ。それから、きまり悪そうな顔になり、黙りこんだ。わたしがなおもしつこく問いただすと、彼女は話題を変えようとやっきになった。

Aが故意に何かを隠しているとか、誤った方向にわたしを導こうとしているという印象を受けたわけではない。むしろ、彼女自身はっきりわかってはいないのだと感じられた。まるで彼女自身、何があったかをちゃんと思い出せないのだというように。まるで彼女本人も、そうしたことは本当にあったことではないんじゃないかと半分疑っているかのように。とすると、彼女が何度も何度も、あのかなり独特の言いかたで、あの言葉——わたしはとても幸せだったのよ——をくりかえすのはどうしてなのだろう？　ただ単純に、それ以後に起きたのがはるかにまずいことだったからなのだろうか？　それともそれは、かつて——あの短い夢のような日々のあいだ——自分は本当に当局の監視から逃れていたのだと信じたいという、ほぼ無意識のこころみだったのだろうか？

Ａ本人の言葉によると、その一年間、彼女は新しい環境で幸せだった。だがその国に到着してからきっかり一年後に、公式の呼び出し状を受け取った。きっかり一年後。そこが重要なところだ。その訴訟がしばらくのあいだ棚上げされたわけではなかったのだと言われて納得するための材料が必要だというなら、役所の機械的な仕事ぶりの典型的な一例を挙げてみよう。どこかの閉ざされた陰鬱なオフィスが目に見えるようだ。そこがいつも暗く陰気なのは、すべての窓がすりガラスでできているか、埃や蜘蛛の巣が一面にこびりついていてもはやガラスが透明でなくなっているせいだ。そしてどの壁も何百という書類ファイルや台帳で覆われて暗くなっている。事務員たちはそれぞれのデスクで仕事をしているか、もっとありそうなのは部屋の端にあるストーブのそばにたむろしてうわさ話に興じているかして、自分たちのまわりに集められている不安や苦悩や絶望にはまったく無頓着だ。

安全と思われたまる一年がすぎたときにこの通達を受け取ったことは、Ａにとって恐ろしいショックだったにちがいない。けれどもわたしは考える、彼女にとって本当にそれほどの驚きだったのだろうか？　実はずっと、何かそういったことが起きるのではないかと半ば予想していたのではないか、心のなかのどこかで、その一撃が本当に下されたことにほとんど喜びに近い感情を抱いていたのではないか？

彼女がまずしたのは、大きな港に行き――それほど遠くはなかった――帰国の手続きをすることだった。この旅に出るにあたり、彼女から相談を受けた人々は、彼女がちゃんと航行できるという可能性については悲観的だった。実際、パスポートを取るのがむずかしいことや、船がめったに出ないことや、旅客施設のほとんどは自動的に、しょっちゅうあちこちを旅してまわっている大勢の役人たちのために取り置かれており、適切に使えないことなどを彼女に話して、渡航を断念させるよう全力を尽くしたようだ。それは難局に向かうにあたって完全に幸先のよくないスタートであり、目的の役所に着いたとき、Aは不安でいっぱいだった。だがここで、すべてが予想外に単純だったことが判明した。克服できそうにない困難を予期しているときにたびたびあるように、すべての障害が魔法のように消え失せたのだ。最初の申請を出さなければならない課に足を踏み入れたとき、彼女は憂鬱な気分でおずおずとしていた。自分の事例について熟知しているにちがいない役人たちからどんな仕打ちを受けるのかと考えていた。ところが驚いたことに、すべては申し分なく円滑かつスピーディーに運んだ。窓口の事務員たちは丁寧なもの言いで彼女に接し、カウンターの向こう側で客がなすすべもなく待ちくたびれているのを尻目にひそひそとしゃべったり忍び笑いをしあったりというふうないつもの慣例にならうことなく、即座に対応してくれた。

Aが案内された役人は、金髪に小さな口ひげをたくわえた四十がらみの太り気味の男だった。ぽっちゃりと太った丸い顔が、愛想のいい態度にぴったり調和する和やかな雰囲気をもたらしていた。彼はAと握手し、椅子と煙草を勧めて、Aが話しているあいだ熱心そうに耳を傾けていた。けれどもAは、彼の目がデスクの上に散らばった書類ときれいに切りそろえられた指の爪とのあいだを絶えず行き来しているのを見て、それほど注意深く聞いているようではないと気づいていた。Aの話が半分ほどきたところで、ついに男は話をさえぎってこう言った。つまり、あなたは出ていきたいということですね？　それもできるかぎりすぐに、というところでしょうな。よろしい、あなたはこれ以上ない運のいいときを選んだんですよ。

それから彼は立ちあがって、きわめて親しみのこもった手つきでAの背中を軽くたたき、その手を彼女の肩にのせたまま窓辺に連れていって、ホランド（訳注―不透明加工をした綿布）のカーテンを開けた。そこからは波止場がよく見晴らせた。その課は海に面した大きなビルの四階にあり、埠頭に休んでいるさまざまな船がすべてはっきりとよく見えた。通常は秘密にされていることが突然さらけだされたことに、Aは驚くと同時に興味をおぼえた。役人はほぼ真下にもやわれている一艘の船を指さした。あの船は今夜出港します、そう言った。たまたま、まだ空いている船室がひとつだけあるんですよ。

Aの驚愕ぶりは想像できるだろう。彼女は口ごもりながら、パスポートのことや各種の許可証のこと、必要と言われたたくさんの書類について質問をしていった。役人は軽く手を振ってそれらすべてを軽くいなし、お急ぎなんでしょう、きっと、と言った。こうしたことはどうとでもできる場合もいろいろあるんですよ、と。それから、記入を要する書類をひと束と、出発前に訪ねなくてはならないいくつかの事務所の住所をAにわたし、もう一度握手をすると、戸口に彼女を送っていった。そのあいだずっと、にこにこしながら。

その日の残りを、Aはあたふたと忙しく行動してすごした。届けを出さなくてはならない場所は街のあちこちに散らばっており、そのどこでも何の障害にも遭わなかったのだが、待たされたり同じことをくりかえしたり遅れたりという避けられない事態がいろいろと生じたせいで、終業時刻直前にかろうじてすべてを終えることができた。整った書類を手に、ようやく波止場に着いたときには、あたりはもうとっぷりと暗く、雨が降りはじめており、事務所にもまったく人けがなかった。ゲートにいる武装警官が彼女の乗船券を懐中電灯の光であらためてから許可を出し、乗船時には、舷門のところにいた特に背の高い警官が彼女から乗船券を受け取った。

Ａの話では、そのときはひどく疲れていたうえに気がたっていたのと当惑していたのとで、その次に起きたことはあまりよく思い出せないということだった。それについては、すぐさまかなり大きな船室に案内され、そこがおそらくは船長の船室で、パーティーがたけなわだったことを考えれば、無理もないだろう。その船室には八人から十人の男性がひしめきあっており、煙草の煙が充満していた。そのため、どういうわけかＡの名前を知っている高級船員にひとりずつ順に紹介してもらっているあいだも、ほとんど顔を見分けることができなかった。男たちはほとんど見分けがつかなかったが、みんなグラスを手にして声高にしゃべっていた。すわっている者もいれば立っている者もおり、船員や海軍の制服を着ている者もいれば、外からはいってきたばかりでまだマフラーを巻いたまま、民間人の分厚いオーバーコートの前を開けている者もいた。周囲の壁には、女優や裸の女の写真にまじって、いろんな海図や、警告や注意書きや禁止事項を印刷した紙が調和を無視してべたべたと貼られていた。Aもほどなくグラスを手にしており、気がつくと片隅に押しやられて、派手な黄色いゴルフジャケットを着た年配の大柄な男の横にいた。そしてしばらくしてから、この奇妙な服装の、すでにちょっと酔っ払っている男がこの船の船長だということに気づいたのだった。

パーティーはにぎやかに続いた。みんなAに親しげに接してくれた。とりわけ船長はひっきりなしに冗談を飛ばし、この航海に彼女を迎えることができて本当にうれしいと何度も言っていた。Aは時間の感覚を失っていたが、かなり夜も更けてきたように思えた。グラスは空になると、即座にまた満たされた。おそらくそのせいで、ほかの男たちがひとりまたひとりと離れていったことにほとんど気づかなかったのだろう。突然、大あくびをしている船長とふたりきりになっていることに気づいた。すっかり長居してしまったことを恥じて、Ａはあわてて立ちあがった。おそらく酒のせいだろう、とたんにぼうっとなって頭がくらくらし、煙と煙草の吸い殻と汚れたグラスだらけのむっとする船室で、このあくびをしている酔っ払い船長とふたりきりで、自分がいったい何をしているのかほとんどわからなくなった。今が何時かもわからなかった。船が動きはじめたのかどうかもわからなかった。自分の船室に行く道すじさえわからなかった。そうやってばかみたいに突っ立ちながら、彼女はきっと考えたことだろう。いったい全体どうして自分の不安定な立場を忘れ、こんなうかつなふるまいをしてしまったのだろう、と。しかも、この先どんな深刻な問題が起きるかもわからない、航海のこんなしょっぱなから。

ちょうどそのとき、ドアが開き、誰かが船室にはいってきた。ぼうっとしていたＡは、最初のうち、その丸い顔と短い口ひげをどこで見たのか思い出すことができなかった。と、突然、最初に訪ねた役人だということにはっと気づいた。あのとても助けになってくれた親切な役人だ。でも、そんなことがあるだろうか？　役人はみな、とっくの昔にそれぞれの職場を出て、家族といっしょに自宅にいるはずだ、なのにこんなところで何をしているのだろう？　同じ男に見えはするものの、Ａは確信がもてなかった。役人は——本当にあの役人だとするなら――ほとんど床までとどく長さの、形の崩れた重たげなレインコートのようなものを着ているせいで、見た目が変わっていた。加えて帽子をかぶり、やわらかなつばを引き下げて顔を隠すようにしていた。雨でぐっしょり濡れている帽子を彼は脱ごうとはしなかったが、何も言わずにＡから船長へと目を移した――批判するように、とＡには思えた。船長は壁に取りつけられた狭い長椅子の上でぐっすり眠っているようだった。Ａはと言えば、驚いたあまりに、ばかみたいにぽかんと口を開けることしかできなかったが、男はつかつかと彼女のほうにやってきて、言った。残念ながら、あなたは出港できません。邪魔がはいったんです。

　邪魔っていうのはどんなこと？　なんとかしてうまくできないの？　Ａは問いただした。けれども相手は答えようとはせず、ただ、荷物をまとめてすぐさま船から下りるようにと言うだけだった。今すぐに。わかりましたね？　最後に彼はそう言った。黒々とした帽子のつばの陰から鋭い目つきでＡを見つめ、ドアから出ていった。

　この事態を分析しようとするなら、この役人の態度をありのままに描写してもらうことがきわめて重要になる。しゃべったときの正確な口調だの何だのを知る必要がある。けれども残念ながらAの記憶はじゅうぶんとは言えない。いくら訊いても、彼女はこうくりかえすだけなのだ。彼は怒っているようでも敵意があるようでもなかったし、非難するような態度をとったわけでもない。彼の声は、聞いた感じでは、かなり冷ややかで断固たるものだった。昼間に話したときの思いやりのある口調とはまったくちがっていた。でもこれについては、雨の降る深夜に、不愉快な用事をするべく呼び出されたことを考えると無理はないのかもしれない。当然ながら、こちらの胸に浮かぶ疑問は、この役人は——もし本当にあの役人だとするなら——なぜ、この用件を部下の誰かにまかせずに自分で出向いてきたのかということだ。すぐさま、そしてA自身のあやふやな態度のせいもあって、この使者は誰だったのかという疑問が生じてくる。またその一方で、当局というものはしばしば、理解不能な驚くべき行動に出ることがあるとわかっている。われわれが取るに足りないと考えているようなことを最重要視するとか、その逆とか。手持ちのデータから結論を引き出そうとするのは、いかにも無分別なことのように、わたしには思える。

かの役人が出ていったときに船長の目が覚めたようだ。役人が船室から出ていったとたん、船長がうたた寝から目覚め、いったい何があったのかとたずねたからだ。Aは説明しはじめたが、ほんの数語話したところで船長はいらだたしげに話をさえぎった。本当は自分でも今の話を全部聞いていたかのように。そして尊大な、どなりちらすような口調で、何があったにせよ、そのままここにいろと告げた。すっかりうろたえて混乱しながらも、Aはこの指示をひどく妙だと考えた。どうも気に入らないという印象もあって、この老人は実はわざと眠っていたふりをしていたんじゃないかと考えた。ほかのいろいろなことにこの疑惑も加わり、彼女は急いで船を降りることにした。そもそも賢いとは言えないふるまいをしたあとであり、この船ですごした一分一分が、当局を相手にする彼女の立場をいっそう危うくしているように思えてきた。船長のやかましいわめき声を聞き流しながら、彼女はそそくさと別れの言葉を告げ、急いで通路に出た。そこは真っ暗で、青い電球の小さな輝きが先のほうに見えるだけだった。どちらに行けばいいのかまったくわからなかったが、ありがたいことに出てきたばかりの船室のドアがふたたび開いて、昇降口階段が照らし出され、その下に彼女のスーツケースが置かれているのが見えた。乗船したときに置いたのと同じところに。今、彼女の頭にあるのは、一刻も早く船から下りたいということだった。巨体で船室の戸口のほとんどをふさいで立つ船長を、Aはちらとも見なかった。

船長はひどく大げさな口調で、自分の言うとおりにするほうがいいぞと彼女に告げ、攻撃性と説得口調が奇妙にないまざった口ぶりで、この機会に船で出ていくほうがいいぞとくりかえしていた。Aはそれには答えず、ただスーツケースをひっつかんで、階段のほうに走った。何秒かのあいだ、老人の声が追いかけてきた。それは威嚇のようにも嘲笑のようにも聞こえたが、どちらなのかはわからなかった。甲板にたどりついたとき、ドアが音をたてて閉まる音が聞こえ、それからすべてが静まりかえった。

船の上にはどこにもなんの明かりも見えなかったが、空からのうっすらとした光で自分の行く先が見てとれた。下のほうの波止場にはさびしそうに見える街灯が何本か、かなり間隔をあけて立っており、その付近の地面の黒々とした表面は、ずっと降りつづいているこぬか雨を受け、光っているように見えていた。長身の警官は消えていたが、舷門からの渡し板はまだそのままだった。あたり一帯に人けはまったくなかった。波止場に下り立ち、Aはたった今出てきたばかりの、黒いもの言わぬ船体を振り返った。まったくなんの動きもない、明かりすらないことに驚いていた。出港間近の船ではきっとあちこちで忙しくしているはずなのに、ここにはまったくなんの気配もなかった。とそのとき、ある考えが彼女の頭に浮かんだ。たぶんこの船は、本当は今夜出航する予定ではなかったのだ。もしかすると、まったく出航することなどないのかもしれない。ことによると本物の船ですらなく、リゾート地でよく見かける、海辺のレストランとして使われているにせものの船なのかもしれない。あの役人が窓から指さしたときには、じゅうぶん本物に見えたのだが。でも、あのとき窓から見たのがほかの船ではなかったと、どうしてわかるだろう?

そうしたことをつらつらと考えながら、彼女は波止場を歩いていった。人っこひとり、出会うことはなかった。高くそびえる堅牢なゲートが出口に立ちふさがっていたが、近づいていくと、左手にある守衛室のようなところからひとりの警官が出てきて、トーチをつけ、降りしきる雨粒を火花のようにきらめかせた。先ほど乗船を許可してくれた男たちのひとりだと気づいて、一瞬、それが吉兆のように思えた。だがそれから、もしかしたら運が悪いのかもしれないと思えてきた。

Aはうんざりするようなひとときを切り抜けた。起きたことを警官に話しはじめたときに襲われた深い疲労感を彼女は語った。このときには、前にベッドにはいってから何日もがすぎたように思えていた。立ったまま眠れそうな気がするほどだった。彼女の声もきっと、眠りながらしゃべっているように聞こえたにちがいない。しゃべっているあいだ、彼女は男の顔も見なかったが、その背後の守衛室の戸口がわずかに開いていて、その向こうでは暖炉の火が燃え、何人かが動きまわっているようだった。

だからゲートを開けて、わたしをもう一度街に入れてちょうだい。そう彼女は締めくくった。だが、男が拒んだときにも、まったく驚きはしなかった。実のところ、男が同意していたら、もっと驚いていたことだろう。彼女の声はひどく眠そうで、説得力のかけらもなかったのだから。

あなたを出すわけにはいきません。警官は威嚇するように言った。あなたの書類にはスタンプが捺されていて、公式にはこの国から出たことになってるんですから。

でもね、あなた、そんなのって本当にばかげてるわ。Aはやんわりと答えた。

いらだたしさなどまったく見せずに、彼女は最前言ったことをすべてくりかえした。今度は、彼女の言葉は前よりも心に響いたようで、警官はにべもなくつっぱねるかわりに、どこかの役人に相談するとかなんとかつぶやき、ふたたび守衛室にはいっていった。

雨のなかに立ったまま残されたことを、Aは少しも恨めしくは思わなかった。まったく何も感じず、何もかもをあるがままに受け入れていた。自身の疲労までもを。帽子から雨粒をしたたらせながら、彼女はじっと立ち、守衛室のドアを見つめていた。そこは今はほとんど閉じており、三辺が細い金色のすじに縁どられていた。あのなかはきっとぬくぬくと心地よいにちがいない。そう彼女は思った（まるであのドアの向こうが平穏で家庭的な安息所ででもあるかのように）。ちょうど子どもが考えるときのように、それ以上のことは何も考えられずに。

守衛室のなかで、よく聞きとれないものの、話し声が高くなったり低くなったりしていた。時間が止まって、自分は永遠に立っている運命にあるのではないかと、Aには思えてきた。濡れた舗装石の上にスーツケースを置いたまま、今いる場所にずっと。やがて、ドアが大きく押し開けられた。今度出てきたのはさっきの警官ではなく、顔に目深にやわらかな帽子のつばを引きおろした男だった。Aは一瞬、はっとして無気力状態から抜け出した。でも結局のところ、こんな雨の夜には誰だって帽子を目深にかぶるものだ——彼女自身そうしていた——そう彼女は考えた。それに、この男はあの男よりもかなり細身だった。

彼女は前に進み出て、これで三度目、言い分を唱えはじめようとした。が、見知らぬ男は片手をあげて黙れという身振りをした。男の顔はまったく見えなかったが、こちらはじろじろ見られているという気がした。男はどうやら見たものに満足したようで、ほどなくまわれ右して、ひとことも発することなく、守衛室にまたはいった。それから一分か二分ほどして、あの警官が出てくると、顔をしかめて雨のなかを歩き、急いでゲートを開けた。あまりに疲れていてしゃべる気力もなかったAは、スーツケースを取り上げ、よろよろと外に出た。ゲートが閉ざされた瞬間、最後にもう一度、波止場の下りてきた船のほうに目を向けた。最後のこの瞬間には、船が皓々と明かりに照らされ、船員たちが叫びあいながら走りまわっているのが見られるかもしれないと思ったのだ。だが船は相変わらず、墓のように真っ暗で静まりかえっていた。明日になればきっと、何もかもが正されるだろう。それが、運よくその近所でまだ開いていた旅行者用の安ホテルのベッドに丸太のように倒れこみながら、彼女が最後に考えたことだった。けれども、おそらくそのときも、本心からそう思っていたわけではないだろう。

もしも自分の問題がすみやかに解決されると本心から考えていたとしても、その希望は、その翌日、あの四階のオフィスに足を踏み入れたとたんに消え去ったにちがいない。昨日は礼儀正しく迎え入れてくれた事務員たちは、この朝はまったくちがう感情を抱いて彼女がやってくるのを待ち受けていたかのようで、彼女がやってきたのを合図にするかのように、押し殺したくすくす笑いや、空咳をしたり顔をしかめたり、太腿をぴしゃぴしゃたたいたりする音がそこらじゅうにわきおこった。Aが室内にはいってドアを閉めたとたん、事務長がデスクから立ちあがり、わざと挑発するかのような、ちょっともったいぶった気取った歩きかたでやってきた。黒い縮れ毛の、しゃれた服装をした若い男で、原住民の血が流れているように見えた。

それじゃ結局逃げなかったんだな。木製のカウンターの上に身を乗り出し、突き出た茶色の目で横柄そうにAを見つめながら、男は言った。ふたりの距離はとても近かったので、男の白い絹地《シャンタン》のネクタイにヤシの葉模様がプリントされているのがはっきりと見えた。開口一番のその言葉は、明らかに前もって用意されていたものだった。なぜなら、ほかの事務員たちがふざけた態度をとるのをやめ、黙ってすわったままばかにしたように目をむいて見つめていたからだ。

大至急、ここの課長にお目にかかりたいの、とAは言った。いらだたしげなようすを少しでも見せれば、事態を遅滞させるだけだとわかっていたので、努めて穏やかな口調で話した。わたしがここに来ているって、どうか伝えてください。とても急いでいるの。

さぞかし急いでるんだろうね？　事務長が言った。耳の上のもじゃもじゃした黒い髪のなかから鉛筆を引き出して、ことさらうるさがるような態度でカツカツと前歯をたたいた。目はAの顔からそらそうとしない。今ごろ、こうしておいでになったんだからね、そう彼はつけ加えた。

実のところ、昨日の経験で疲弊したせいで、Aは寝すごしていた。誰も起こしてくれなかったせいで、このときはもう正午近くなっていた。とはいえ、事務長にそんなことを説明する必要は感じなかったので、彼女はただ、なるべく急いで来たのよと答えた。

渡航について、土壇場で気を変えたのはなぜだい？　そう若者は訊いた。そのまま動く気配は見せなかったが、Aが答えないでいると、不意に、あからさまにせせら笑うような態度になった。おおかた度胸がなくて、いざというときに怖気づいたんだろうよ。

幸い、Aは自制をきかせることができた。この事務員たちとけんか腰の口論をはじめるのは、犯しうるなかで最悪のあやまちだとわかっていた。いったん激しい口論に引きこまれてしまえば、この受付から奥に行くことはできなくなるかもしれないということも。はいってきたときにたまたま気がついたのだが、面談を待つ人々のためのベンチに古新聞が置かれていた。Aはむかむかしながらくるりと背を向け、腰をおろすとくしゃくしゃの新聞を広げ、顔の前に大きく広げた。新聞は、事務員たちのたてるうるさい音を締め出すことはできなくとも、彼らのあつかましい顔は遮ってくれた。オフィス全体が調子に乗って、幼稚なやじや彼女をだしにしたジョークを飛ばしはじめた。Aが歯向かってくるようすがなく、新聞の陰で顔が見えないままだと見てとると、やじはどんどんやかましく、無礼なものになっていった。あいつは臆病者だ。怖気づきやがって。肝心のモノがねえのさ。臆病風に吹かれやがって。恥知らず。これらが彼女が聞かされた罵りの一部で、それに加えて、抑えてはいるものの、ネコの鳴きまねみたいなやじやブーイング、シューッという音など、いろんな腹立たしい音があがっていた。

われらがお役所の事務員たちはいつもこういうことをして楽しんでいるようで、当然ながら、やるときには最大限に楽しもうと決めているようだった。ほかのこういったタイプの人々と同様、自分たちの思いのままになるあわれな犠牲者をからかうことで刺激的な喜びを得ているのだ。みんな同じなのだ、このオフィスの事務員たちも、無責任で意地が悪く、幼稚で注意散漫な船員たちも。当局はなぜこんなやつらを野放しにしているのだろう、そういう疑問が浮かぶ。だが彼らの意地の悪いふるまいは上司たちから暗に認められているどころか、まるで実のところは奨励されているかのようだ。実際、こういう性質はまるで、公務員の必要条件のひとつであるかのように思える。わたしもたびたび気づいてきたことだが、行儀のいい若者がこうした部署にはいると、すぐさま性格全体が変化するのだ。せっかくの行儀よさを失い、家族を無視するようになり、軽薄でけんかっぱやく、意地悪くなって、余暇には仲間と連れだち、ふんぞりかえってうろつきまわるようになる。おそらくこの事務員たちも根っから悪いわけではなく、ただ甘やかされて増長し、思慮もなく慢心しているだけなのだろう。彼らがちゃんと熱心に働くときもあることは疑う余地がない――膨大な量の公的書類がその証拠だ――そのうえ、屋内でのデスクワーク中心の暮らしに、彼らの健康が相当むしばまれていることも。だがそうした事実を差し引いても、こんなふうに職権を濫用したり、それでなくともすでにいろんな問題に苦しんでいる不運な人々を責めさいなんだりする特権が彼らに与えられているのはなぜなのか、理解に苦しむ。

賢明にも、Aは微動だにせずすわっていた。この事務員たちは子どもと同じで、彼女を怒らせることができなければ、ほどなくからかうことに飽きてしまうだろうとわかっていたからだ。そのとおり、何分かするとはやしたてる声はがっかりしたようなつぶやきに変わり、誰かがオフィスの奥の部屋にはいってくる音が聞こえた。そして事務長が不機嫌な声で、役人が会うと彼女に告げた。もうひとつの部屋にはいるときに、彼女が最後にちらりと見やると、すべてのデスクの向こうから首がのびて、剣呑な目が彼女を追っていた。

奥の部屋は、すべての窓にホランドのカーテンがかかっていて光をやわらげており、昨日の部屋とまったく同じように見えた。役人は書き物をしていて、すぐには目を上げなかった。Aは部屋にはいっていきながら、慎重に観察した。そう、たしかに船にやってきたあの男だ、それはまちがいない。だが、ぱりっとしたビジネススーツを着ている今はずいぶんちがって見えたし、帽子のない顔ももっと若く、丸みを帯びて見えた。まさか、別人ならこんなに似ているはずがない、とAが考えていると、役人は不意に書類をわきに押しやり、厳しい声をあげた。さて、今度は何の用ですか？

多少非難めいた態度で冷ややかに遇されるかもしれないと思ってはいたが、Ａはこんな断固たる口調を受け止めるだけの心の準備はできていなかった。どう答えていいかわからなかった。相手はまったく助け舟を出してはくれず、どう見ても励ましとはとれない突き刺すような冷ややかな目でじっと彼女を見ていた。

これからどうすればいいか教えてもらいにきたんです。おずおずと、彼女は言った。

あなたはひとりで好きなようにやりたいんじゃないんですか？　相変わらず噛みつくような声で、役人は言った。

よくわからないんですけど。Ａは口ごもった。

男は無言でこれを受け流し、腕時計に目をやった。もっと早く来なかったせいでよくない印象を植えつけたのだ、とＡは気づいてぞっとした。さらにまずいことに、そろそろ役人が昼食に出る時間で、そのため問題が解決する前に面談が打ち切られる恐れがあった。

でもどうか、何か助言をください。Ａは急いで切り出した。わたしが何をすれば事態がちゃんとおさまって、別の船に乗れるようになるのか、どうか教えてください。

この先当分、ほかの船は出ないよ。役人の口調は、すでにけりのついた話をするときのように、冷ややかで決定的なものだった。すっかりおじけづいた顔をして前に立っているAを、今にも追い払いかねない剣幕だったが、気を変えてこう続けた。ああいった絶好の機会がまたあるなんてことは、めったにないんだよ。あれ以上のチャンスを差しだしてもらった人の話なんて、聞いたことがないね。

それは、わたしはあの船にとどまるべきだったたってことですか？　彼女はびっくりして叫んだ。

あれは千載一遇のチャンスだったんだ。

Aは呆然としてものも言えず彼を見つめ、その表情のない丸い顔から、今の発言の真意を読み取ろうとした。その発言はまったく異なるふたつの意味にとれるように思えたからだ。

でも、すぐに船を下りるようにと言ったのはあなたじゃないですか。しばらくしてから、ゆっくりと、彼女は言った。

役人は頭をめぐらせて、鋭い目で彼女を見据えた。一瞬彼女は、この男があの船にいたことを否定するのではないかと考え、またもや疑心暗鬼にとらわれた——わたしがまちがっていたとしたら？　だが彼は、その疑問を解決してはくれず、こう言って彼女をこれまでと変わらぬ闇のなかに置き去りにした。船長があなたに、船に残れと言いませんでしたか？

たしかにそうだったとAは認めた。でも当然、船長より権力当局の言うことに従ったのよと続けようとしたが、役人はもう一度腕時計を見て立ちあがり、冷ややかな声で言った。船の上ではいつでも船長が主《あるじ》だと聞かされたことはないんですか？

お願いだからわたしを見捨てないで。Aは哀願した。あなたならきっとわたしを助けられるはずよ。それとも、もしあなた本人がわたしを助けられないというんなら、せめて誰のところに行けばいいか教えてちょうだい。

彼女は必死で、役人を追って部屋のなかをまわった。彼はほとんど聞いているようではなく、書類をブリーフケースに入れ、戸棚から帽子とオーバーコートを出した。母国の当局にはなんて言えばいいの？　Aは必死にたずねた。

それはあなたしだいです。袖がひどくきつそうなオーバーコートを着ようと格闘しながら、役人は言った。その、心ここにあらずといった感じの口調は、すでにこの問題への興味を失い、ほかのことを考えているかのようだった。ここはよその国の役所とはまったく接触がないんだ。やはりうんざりしたような口調で、彼は言った。Aに対する彼の態度は豹変しており、今はまるではじめて会ったかのような、よそよそしくぶっきらぼうな態度になっていた。もちろん、ほかの課にも行ってみるといい。オーバーコートの前のボタンを手早く穴にすべりこませていきながら、彼は続けた。だが、率直に言って、うまくいくとは思えないね。何にせよ、ぼくにできることはこれ以上何もない。でもあなたは完全に自由なんだから、自分で考えて何でも好きなようにやってみればいい。

そうした言葉の裏にある意味が完全によくわかっていたら、その場であきらめていたでしょうよ、とAは言う。そうよ、と彼女は悲しげにわたしに言ったものだ。あのとき海に身を投げたほうがましだったわ。そして彼女のような立場の人々がその先切り抜けなければならない試練を考えると、わたしも彼女に同意したくなる。持てる時間をすべて費やして、次々といろんな課を駆けめぐり、自分の命運を思いやりのない下劣な下っ端の事務員たちにゆだねなくてはならない、そんな暮らしとはどういうものだろう? その下っ端の事務員たちは、相手にしているのが恵まれない人間であることを完璧によく知っており、その恵まれない相手が念入りに用意した陳述をわざわざ自分たちの上司に告げる気など、おそらくないのだ。借りた部屋で何ヶ月も暮らし、万が一、突然立ち去れと言われたときのために荷造りをほどけないでいる、そんな暮らしとはどういうものだろう？　すぐに消えてゆく、まったく信頼のおけないいろんな相反するうわさや、たまたま出くわした役人の、励ましてくれているように思える視線や非難めいて見える視線に一喜一憂させられる暮らしとは、どういうものだろう？　もしまちがった言葉を使えば不利を招きかねない嘆願のために、文章ひとつ綴るにも何時間も真剣に考えなければならない暮らしとは、どういうものだろう？　返事をもらえるあてのない手紙を何通も何通もひっきりなしに書かなくてはならない暮らし、複雑な書類の山や理解不能な役人の手の込んだやりかたを解明しようと熱心に研究するというむなしい努力を強いられる暮らしとはどういうものだろう？

情報のかけらを落としてもらおうと、あちらやこちらの下っ端の事務員や下級職員にごまをするという屈辱に常に甘んじなくてはならない暮らしとはどういうものか、想像してみてほしい。想像してみてほしい、その孤独を（なぜなら、そういう状況にいれば、当然ながら、友人をつくることなど——たとえチャンスがあったとしても——不可能だからだ）。その単調さを（なぜなら、仕事にも娯楽にも集中することができないからだ）。その緊張を（なぜなら、重要このうえない指針を見逃すのではないかという不安のあまり、一分たりとも気をゆるめることができないからだ）。

そう、われわれは厳しく謎めいたシステムの下で暮らしている、そしてそれを理解することは望めない。そういう公的な手続きを統率する法律が本当に存在するかどうかはたいして重要ではない、なぜならそういう機密事項を探ることは不可能だからだ。おそらく、何よりも理解に苦しむのは、Ａのようななんの罪とがもない人物が重罪犯と同じように重い罰に処せられることがあるという事実だろう。Ａがどうして当局に目をつけられるようになったのかはわからないが、彼女を知っているわたしとしては、それはわたしたち一般人が重大な罪だと考えるようなことであるはずがないと断言できる。そして彼女の第二の罪、もしそれが船を下りたことだとするなら、それは確実に、まったく悪気のないあやまちという程度のことでしかない。彼女が酒の出るパーティーに参加したという事実を擁護しているわけではない。彼女のように厳しい立場にある人物は、常に頭をはっきりさせておくことをまず心がけるべきなのは明らかだからだ。それに、その後に続く不運はすべて、そういう自制の欠如に端を発しているように見えるからだ。だがこの点でも、人々は情状酌量の余地を見つけるだろう。まず最初に、彼女は乗船したときにすでに気が昂ぶり、ひどく疲れていた。それだけでなく、彼女はまったく見知らぬ環境にあったのだ、不安をそそるひどく困難な状況に。彼女にとって、船長主催の祝賀会への参加をことわることも、差しだされた酒を非礼にも杓子定規にも見られないようにことわることも簡単ではなかったはずだ。だがこうした行為のせいで、彼女は何年もかけてその罪を償うことを強いられている。もしかしたら、この先まる一生かかるかもしれない。だって、彼女がこの国に帰ってきたのはもうだいぶ前のことだが、そのせいで延長されていた刑期をそろそろ終わらせてもいいと当局がいつか考えるかどうか、誰にわかるだろう？

ある経験

A C*ertain* E*xperience*

かつて、はるか前のことだが、尋常ならざることがわたしの身に起きた。はるか前、と書いたが、そのできごとと今日とのあいだに横たわる膨大な時間の流れは、言葉ではとても表現できない。今それをふりかえるのは、奇蹟的に記憶が残っている現世以前の存在について考えるのに似ている。わたしが輪廻を信じる人間なら、あれは前世の自分に起きたことだったと本気で考えるだろう。それほどの遠さなのだ。と同時に、それはわたしに、あいまいながら深甚なる影響を及ぼしつづけている。今でもなお。

あのできごとをなかなか思い出せないときもたびたびある。非常に長い期間、その記憶はひっこんでしまう——言わば、撤退してしまう——かのようだ。これが起きると、わたしは落ち着かない気分になる。いつもわたしの頭上で旋回しているあの大きな鳥が急降下してきて、黒い翼の羽ばたきの癇に障る音でわたしの頭をいっぱいにしてしまうのだ。最初のうちは、その記憶はほんのちょっと遠ざかっているだけなので、落ち着かない気分の原因ははっきりしない。だから重苦しい天気や、食べたもののせいだと思うこともあるだろう。だがそのうち、ちらりと見える瞬間がやってくる。比喩的に言うなら、その記憶が身を隠している秘密の部屋で、カーテンの片隅を持ち上げて窓の外をのぞいているのが。そうなると即座にわたしは追跡をはじめる。それに気づいた瞬間から、わたしの全人生はふたたびそれをとらえるという目的に向かって動きはじめる。何か最愛の貴重なペットを盗まれた飼い主のような気分になるのだ。でなければ、子どもを誘拐された親のような気分に。その貴重な記憶がもう一度無事にわたしの意識のなかにしっかりとおさまるまでは、わたしの気持ちは安らぐことがない。

そのすばらしいできごととは何だったの？　疑い深くそうたずねる人がいるかもしれない。それはきっと、はるか前に起きた特別な何かで、今でもとても重要なことだから忘れるなんて耐えられない、そういうものにちがいないわよね。誰であれ、多少の矛盾があっても恐れずに、不思議な体験をしたと言うことはできる。それを実証するのは不可能だからだ。けれどもこれは確実に、もっとはっきりした手ごたえのあるものなのだ。それなら、ちゃんとくわしく話してみせなさいよ。わたしたちに説明してみなさいよ。

そう、その体験には客観的な一面があり、そこは誰にでも理解できるきわめて単純な言葉で語ることができる。たとえば簡単に、次のように言うことができる——わたしは有罪判決を受けた、わたしは収監された、わたしは希望を捨て絶望した、その後引き渡され、無条件で釈放された。忍び返しのついた高い塀に囲まれた中庭について語ることもできる。そこでは見分けのつかない収監者たちがぎこちない動きで落ち葉を掃き集め、それを看守たちがまた散らして掃き集めさせていた。鉤《フック》のない扉についたのぞき穴や、檻のような枠におさまった、眠ることなくぎらつく裸電球のことを語ることもできる。廊下のにおいや原因のよくわからない物音、あわてて目をそらしてしまうようなさまざまな光景を語ることもできる。わたしを虐げた手を語ることもできる。きっちりと巻いた傘を持ってあらわれ、わたしの釈放を告げた来訪者を語ることもできる。

けれどもそうした描写はみな、たとえどんなに詳細にわたっていようとも、その体験の外殻のみをあらわしているにすぎない。それが真に意味するところは、そうした描写の内部でけっして死ぬことのない心臓のように脈動しているのだ。そのできごとの客観的な面は、実際には死んでしまう。というか、少なくとも古びてひからび、もろくなっていくと言えるだろう。捨てられたカブトムシの背甲のように。それでもその謎めいた密かな心臓は脈動をやめることはない。いつまでも壊れることなく、不朽の心臓は脈打ちつづける。独立して、わたしひとりだけのために鼓動をつづける。その心臓こそが、人に伝えることができないがゆえに特別な価値を付与される体験の個人的な本質なのだ。はかり知れない価値を持つ心臓がずっと生きのびるのなら、外側がしなびて縮み、最終的には砕け散って塵になるとしても、それがどうしたというのだ？　もしかしたらあの紳士が自信に満ちて流暢にしゃべっていたというのはわたしの思いちがいだったのかもしれない。もしかしたらわたしは、杖のようにスリムにまとめられ、黒い絹の筒におさめられていたあの傘に惑わされたのかもしれない。その後起きたことから考えると、わたしはあのはるか遠ざかってしまったできごとをあまりに信じこみすぎていたようだ。だがそれでも、いくら外見は痛ましく破滅したように見えても、わたしのために絶えることなく打ちつづけているあの体験の心臓を殺すことはできない。威嚇するような翼の黒い影のなかで、それは実に力強く打ちつづけているのだから。

ベンホー

Benjo

本当の話、わたしはこれまで、あの国でわたしの身に起きたことについてあまり話したことはない。友人によく、あちらでの暮らしについてあれこれ訊かれたものだが、そのたびに、答えるのは非常にむずかしい、ほとんど不可能だと思えたものだ。そして今、なぜそうだったのかを説明するのも、同じようにむずかしいように思う。それは友人が考えているような、単にあのことをもう忘れてしまったという理由ではない。わたしはあまり記憶がいいほうではないことを否定はしない。あのはるか前のできごとの記憶は、全体として不完全でぼやけているし、ものすごくたくさんの裂け目や矛盾があり、できごとの順序も不可解なほどに混乱している。でもその一方で、個々のできごとについてはきわめてはっきり思い出せるものがたくさんある。それらがくるまれているプライバシーの殻を破ることにこれほど気後れを感じることがなかったなら、きっと友人にその話をしていたことだろう。長いあいだ、外国でのわたしの体験というテーマは一種のタブーだという感じがしていた。そもそもあの期間に注意を向けること自体が、わたしにとっては多大な努力を要することだった。なぜなら、注意を集中しようとしたとたんにいつも、記憶喪失としか言いようのない事態に見舞われるからだ。それはその記憶が不愉快だからではない。それどころか、あの日々についてわたしの記憶にある印象は、すばらしく静謐で幸福な時間というものだった。そう、これほど長いあいだずっとわたしの口をつぐませてきたあの禁忌の感覚や、それが徐々に弱くなってきていることに説明をつけることは、本当にできない。そうしたできごとについてもはや誰にも訊かれることのなくなった今、わたしは何にも邪魔されずにあのことをじっくり考えてみることができる。奇妙なことに、記憶喪失をひきおこす質問を受けなくなって記憶をあいまいにさせられることがなくなった今、記憶そのものが蒸発してきているように思える。かつてあの絵を覆っていたカーテンは取り除かれたものの、今は絵の具の色合いが褪せて薄れてきているというように。カンバスに描かれたその絵は日ごとにあいまいになってゆく。ベンホーをはじめとするいくつかの人影がそこここに見えているおぼろな風景画には、いまだに本来の鮮やかさが奇妙な輝きとなって残っている。

わたしがはじめてベンホーと知り合ったのは、あの国に行ってそれほどたっていないころだった。ところで、ベンホーというのが彼の名字なのか短縮形なのか、単なるニックネームにすぎないのか、わたしは知らない。彼はいつもただ、ベンホーと呼ばれていた。わたしがはじめて彼を見たのは、早朝だった。わたしが買ったあの古い家に移って間もなかった時期だというのはわかっている。その家の改装工事をしていた男たちがその何日か前に立ち去ったばかりだったからだ。その場所は農場にされる予定だったのが、何かの理由で土地だけが別個に売り払われ、建物のほうは何年も空家になっていた。実用的という見地からは、いい買い物とは言えないだろう。家は荒れていて、つくりも古く不便だったうえ、人里離れたところに孤立しており、交通の便も悪かった。けれども値段が安く、数々の難点——実際、たくさんあった——にもわたしは思いとどまらなかった。その物件でわたしが本当に心惹かれたのは、人里離れた丘のかなり高いところに建っており、見渡すかぎり栗の木林というすばらしい眺めと、遠くのほうに海が望めるという立地だった。八百メートルほど離れたところに、灰色の素朴な家屋がいくつか建った、小さな集落とも言うべきものがあったが、それは丘陵のひだに隠されていた。わたしの窓から見えるのは、石ころのあいだにアネモネと赤いチューリップが生えている野生の庭と、その向こうに大きな滝のように海まで流れ落ちているふうに見える森林だけだった。

早朝の眺めは特に美しいことが多かったが、その朝は特にすばらしかったように思う。その朝はとても静かで――風が起きるのは、ふつうは十時をすぎてからだ――水平線のすぐ上にそびえる雲のお城のように軽やかに、島々が浮かんでいるように見えていた。それまでに恐ろしい不安や心配を切り抜けてきたわたしは、平和や美しさと孤独はどんなに堪能してもし足りないだろうと思っていた。だから庭の門に通じる細い道を誰かが歩いてくるのを見て、快くは思わなかった。最初のうちわたしは、何かをなくした――ねじまわしとか、バンダナとか――作業員のひとりが、どこかに置き忘れたんじゃないかと見にきたのだろうと考えた。けれどもまもなく、こちらに向かってのんびり歩いてくるのは作業員ではなく、これまで見たことのない人物だとわかってきた。こんな辺鄙な場所で見るのは驚きというような人物、大柄で背が高くどっしりした男で、軽い素材のズボンにカナリアイエローのセーターを着て、ヨット帽を山高にしたような白い麻の帽子をかぶるという、お洒落だがかなり風変わりな服装をしていた。窓辺に立っていたわたしは、こんな朝早い時間に訪ねてくるなんて誰なんだろうと考えた。本当のところ、かなりうっとうしい気分だった。まだ朝食もとっていなかったし、やかんのお湯がわきはじめたところだったからだ。

この見知らぬ男は誰も見当たらなければ立ち去るかもしれないとうっすらと思いながら、わたしは出迎えに行かずにその場にじっと立ち、男を観察した。男のふるまいは外見同様、かなり変わっていた。ほかの誰もがするようにドアをノックしにきたりはせず、両手をポケットにつっこんで庭をぶらぶらと歩きまわりはじめたのだ。この家を見やり、首を傾け、下絵を確認する芸術家のように目を細めて、あらゆる方向から観察する。何分かのあいだ、こうやってありとあらゆる方角から家を徹底的に観察したあと、男はまったく同じぶらぶらした怠惰な足どりで戸口にやってきた。このころにはもう、わたしはすっかり好奇心をそそられ、すぐさま男を招き入れた。男はわたしの名前を呼んで挨拶し（でも自己紹介はしなかった）、帽子を取って椅子の上に置き、わたしの手を握って盛大に振り、にこやかな調子でこの家を実にすてきに改装してくれたとしゃべりたてはじめた。これらすべてがひどく奇妙なことに思えた。この男に会ったことがないのはたしかだったが、この男のしゃべりかたはまるで旧知の友人のようだったからだ。わたしはすっかり面食らってこの男をじっと見つめ、この血色のよい丸顔をどこかで見たことがないか思い出そうとした。その顔のもつ奇妙なやわらかさと形の決まらなさは、ちょうど赤ん坊の顔と同じような、もしくは塑像用粘土《プラスティシーン》でつくった未完成の模型のような感じだった。

ベンホー。この男のことをもっとも明確に描写するにはどうすればいいだろう？　この男の人格全体をもっともよく言い表す言葉は、彼の歩きかたを描写するときに使った言葉、〝怠惰な〟という単語だと思う。そう、彼の何もかもがどっしりと重厚で怠惰、眠たげで気のいい、飼い慣らされた大きな熊のように思えた。そしてやはりこれも熊と同じで、にこやかな顔ではあるものの、この男にはほんのちょっと狡猾そうで疑わしげな雰囲気があった。だがその正体を具体的に指摘することはできなかった。彼の顔はひどくやわらかく、ぽっちゃりしていて、幸せな赤ん坊の顔のようだ。一方で小さな目と未完成のように見えるピンク色の口は信頼がおけるとは思えない。そういう印象を最初に受けたのだが、それが具体的な形となってあらわれるのは、もっとあとになってのことだった。このはじめての出会いで、わたしは何よりもこの男の、本当に人を引きつける、友人のように気さくな態度に感銘を受けた。そしてキッチンのやかんの湯が沸騰し、どうぞ気がねなく朝食をとってくださいとこの男に言われたとき、わたしは一緒にどうですかと勧めていた。

わたしがお茶を淹れ、トレーに朝食の品々を並べているあいだ、来客はずっとリビングルームにいた。開けておいた戸口から、彼がぶらぶらと室内を歩きまわり、外で家を見ていたときと同じように、細めた目でいろんなものを見ているのが見てとれた。彼がそういうことをしているのを見るのはけっこういらだたしかった。でもそれから、トレーを持ってはいっていくや、彼はわたしの趣味がいいと言い、わたしの蔵書や家具の配置を褒めはじめた。その言い方がてらいのない楽しげなものだったので、わたしの憤りは即座に鎮められた。

一緒に食べているうちにふとある考えが頭に浮かんだ。この男は以前この家に住んでいたか、以前の持ち主と何らかのつながりがあったかして、それで興味を持っているのかもしれない。そこで、そうなのかどうか彼に訊いた。いやいや、と彼は言った。ここで暮らそうかと考えたことはたびたびあったんだが、家の修繕なんかはしたくなかったんでね。

この発言はどういう意味なのだろうと、わたしは考えた。この男は金に困っているようには見えない。着ている服はわたしの趣味からするとひどく派手だが、上質で仕立てのよいもので、まばゆい色のセーターは極上のやわらかなウール地を使っており、ポケットにはわたしの知らない紋章が刺繍されていた。ちがう、とわたしは判断した。この男が改装に手をつけなかったのは資金がないからではなく、単にその気にならなかったからだ。

ポケットを飾っている謎めいた刺繍がわたしの好奇心をそそりたてた。何度も彼の名前をたずねる寸前まで行ったものの、恥ずかしさとこの国の社会的慣習を知らないせいで思いとどまった。彼がわたしに見せる親しげな態度を見ていると、素性をたずねるようなことはぶしつけに思えたのだ。しばらくのあいだ、わたしたちはティーカップをはさんですわっていた。わが話し相手は、怠惰さの混じるユーモラスなしゃべりかたで地元のよもやま話をした。多少口が悪いと言えないでもなかったが、話はおもしろかった。このあたりで起きていることは何でもよく知っているようだったので、この地方に長く住んでいるんですかとたずねてみた。わしはほら、やってきては去っていくんだよ、というのがちょっとまのびしたしゃべりかたで彼が告げた答えだった。やってきては去っていく。それから彼は重々しく椅子から立ちあがると、辞去する用意をした。その気になったらいつでも会いにきておくれ。去りぎわにそう彼は言った。ベンホーと訊いてくれればいい——そうすればどこに行けばいいか、誰もが教えてくれるだろう。ひとりにやつきながら彼が立ち去ったあと、なぜわたしに会いにきたのかいまだに理由がわからないことに、わたしは気づいた。ただこの家のようすを見にやってきて、わたしがこの家に何をしたか調べていたのかもしれないが。

門の外で、彼は毎日集落からわたしのために掃除をしにきている老女と行き会い、立ち止まって何ごとかしゃべっていた。老女のかなり気難しい老いた顔に苦笑いが浮かんでいた。それじゃベンホーはもうあんたに会ったんだね。はいってきて、バスケットのような形をした大きな黒い麦わら帽子——ぼろぼろになった二本のリボンをあごの下で結んでかぶるものだ——を取りながら、老女は言った。そのときは、彼女は朝早い時間のことを言っているのかと思ったが、あとになってみると、その言葉の裏にはもっと別のふくみがあったのではないかと思えてきた。明らかに彼女のよく知っているあの目立つベンホーについて（あんなに人目をひく人物が孤立した小村でよく知られてないわけがないではないか？）たずねてみたいのはやまやまだったが、わたしは使用人とうわさ話をするのをよしとはしない性質《たち》だし、彼女のほうもそれ以上何も言わなかった。その朝は何度も、かなり意味ありげな表情をわたしに向けていたというのに。わたしは常々、この辺鄙な地域の住人はひどく排他的でよそよそしいと思っていた。それはベンホーのあけすけな明るさとは対照的で、そのためいっそう強調されるようだった。

何日かたったある日の午後、今度はわたしが彼を訪ねることにした。そして村の中央にある郵便局兼宿屋に立ち寄って道をたずねた。そこは気の滅入るような場所で、洞窟のように暗く、何か腐ったようなよくわからない臭いがしたが、そんなぱっとしないところなのにいつも三、四人の村人がたむろしていた。それはほかに落ち合う場所がないからだろうと思う。こうしたのらくら者たちは、ベンホーの家を教えてほしいというわたしの頼みをおもしろいと思ったようだった。アイヌ人と頭をすげかえたのではないかと思うほど毛深い顔をした男がげらげらと笑いだして叫んだ。この姉さん、わしらにベンホーの家をたずねてるぞ！　この姉さんが訊いてるぞ！　だがそこに宿の主人がやってきて、わたしには不必要に厳しいと思える態度でその男を黙らせ、怒ったようにわきに押しやると、わたしのほうに何歩か近づいてきて、パイプでわたしがたどるべき道を指し示した。見落としようがないさ、と主人は言った。あそこに空を背景に黒々とした木立ちが見えるだろう、あれを目指して行けばいい。わたしがお礼を言うと、主人はここらへんの人々が見せるむっつりしたようすで頭を一、二度うなずかせ、それから真っ暗な戸口のような戸口からこちらを見ているほかの村人たちのところにもどっていった。

ものの数分歩くと、一面に広がる栗の森林の鮮やかな緑色の手前にくっきりと浮き立っている樅の木立ちにたどりついた。何かが住んでいるという気配はみじんもなかった。ただ、密集した木の幹のあいだで弧を描いたりよろめいたりしている、細く得体の知れない跡がひとすじあるだけだ。ウサギがつけたものかもしれない。このすじをたどると、ほどなくこの植林地の中央にある小さな空き地に出た。でもここにも、何も見当たらなかった。ただ、木立ちの下に廃棄された、風雪を経てがたがたになった古いジプシーの幌馬車のようなものが一台あるだけだ。道路にもどろうと背を向けようとしたとき、驚いたことに、ベンホーの上半身が突然、幌馬車の窓から突き出した。まるで、ひどく大きなカタツムリがひどく小さな殻から突き出したかのように。

それじゃここに来てくれたんだな。ベンホーは陽気な声をはりあげた。どうだ、わが田舎屋敷は気に入ったかね？　彼はこのこと全体がひとつのすばらしい冗談でもあるかのように笑いながら、わたしが近づくのを待った。狭い窓から身を乗り出している姿は、きっちりとはめこまれているように見えた。おいでおいで。とても居心地がいいってことがわかるよ。そう彼はつづけた。けれども幌馬車の後部にあるドアまで上がる四つの段のいちばん下にわたしが足をのせたとき、彼は気が変わったと見えて、こう言った。だがまあ、本当のところ、わしらふたりがなかにはいるとちょっとばかし窮屈なんだ、それにこんな上天気の午後なんだから、外に出たほうがいいだろうな。

次の瞬間、彼はドアを開け、折りたたみ椅子を二脚持ってくると、わたしに渡して段の下までおろさせた。あんたがこれを運んでくれたら、何か飲む物があるかどうか見てみるとするよ、と彼は言った。小さなドアから、ちらりと幌馬車の内部が見えた。本や書類が散らばっているなか、ベンホーの巨体があれこれ探しまわっていた。それから、彼はグラスと瓶ビールをいくつか持って出てきて、ドアはばんと閉じられた。

どうやらあんたを驚かせちまったようだな。針葉が敷きつめられたようなすべりやすい茶色い林床に椅子が置かれると、彼は言った。ずっと笑いながらビールを注いでくれた。

わたしがあっけにとられているのを見て大喜びしているのが見てとれた。

でも、本当にここに住んでるの？　本当に仰天したときに誰もがするように、わたしはばかげた質問をした。ベンホーがどんな家を持っていると思っていたのか、自分でもよくわからない。たぶん、彼の服装に似つかわしい派手な別荘ふうの家とかだろう。彼が前回会ったときと同じように派手ながらも仕立ておろしのようなきちんとした格好をしていることに気づき、ジプシーのような暮らしをしているのにどうしてそんなふうにめかしこんでいられるのだろうと、わたしは考えた。幌馬車にはいろんな服を置く余地も、しまっておく場所もなさそうだった。それに、あのたくさんの本や書類は何を意味しているのだろう？　ベンホーに勉学をする習慣があるとはとても思えなかった。もしかするとこの樅の木立ちのなかで何か事業でもやっているのだろうか？　このころには、この男は意外なくせ者だということに、わたしは気づきはじめていた。

わしはやってきては去っていくんだ、前にも言ったようにね。そう彼は言った。今日はここ、明日にはいない、そんな感じだよ。それから、まるでわたしの疑念を感じとってそれを追い払おうとするかのように真顔になり、非常に分別くさい口調で続けた。もちろん、そういう暮らしにはそれなりの欠点はあるよ、贅沢はできんし、けっして望んでやってるわけじゃない。だがその一方で、こうした暮らしにははっきりした利点もあるんだ。安上がりで健康的、いろんなところに行くのに便利だ。それにみんなが頻繁に訪ねてきて気を散らされるようなところに住んでいるよりも、ずっと仕事がこなせるもんなんだ。

わたしはどう考えていいかわからなかった。ベンホーにはたしかに、奇矯で不可解なところがあった。でもそれと同時に非常に純朴で人あたりがよく、そのため彼を信用しないなんて無意味どころか、ばかげてさえいるように思えるのだった。結局のところ、そこで椅子にゆったりともたれかかって、眠たげで人のいい笑みを浮かべている彼は、人間というよりは大きく不器用で無害で人なつっこい動物のようだった。たぶん彼のいっぷう変わった特異な性格には、何かしごく単純な理由があるのだろう。

わたしはビールを飲み終えるまで彼と一緒にいたが、幌馬車のなかをもう一度ちらりとのぞく機会は得られなかった。彼の住環境への驚きをあからさまにさらけだしてしまった無作法さを恥じていたわたしは、あれこれ質問をする気にはなれなかった。ベンホー本人は謎めいた〝仕事〟の話をふたたび持ち出すことはなかったし、自分の住まいについても再度口にすることはなかったが、わたしが辞去しようとしたときにこう言った。これでもう、わしがあの丘の上のあんたの心地いい家をうらやむ理由がわかるだろう。

このベンホー訪問のことをかなりくわしく描写してきたが、それはある意味、今回のやりとりがわたしと彼とのつきあい全般において典型的なものだったからだ。〝つきあい〟というのが、いささかも親密さが増すこともなければ、（わたしの側の）ごくかすかな不安の要素を失うこともなしに、表面的にはいつも心からの温かさを保っていた関係について使うのにぴったりの言葉だと思う。わたしは孤独を望んでやまなかったが、それでもこの見知らぬ国では寂しさに打ち負かされる日々もあり、ベンホーの大きな身体が派手な衣服を着てぶらぶらと動きまわるのを見るのがうれしかった。これがほかのときだったら、この男にはほとんど耐えがたいほどいらいらさせられただろうし、警戒と紙一重の、形にならない漠然とした猜疑心でいっぱいになったことだろう。孤独な場所でたったひとりで暮らしていると、ごくわずかな人との接触がふだん以上に大切なものに思えてくるもので、そのせいでベンホーはわたしの心のなかで、実際に一緒にすごした時間からは考えられないほどに大きな場所を占めていたのだ。彼とは何回ぐらい会っただろう？　ほとんど毎日というぐらい頻繁に会っていた時期もあったような気がする。それ以外のときでは、次に会うまでに何週間もあいたこともあった。ベンホーはたびたび村の外に出ていき、そういうときには何日ものあいだ、彼の幌馬車は樅の木林の空き地から消えていた。そういうときには、わたしは——自分ではほとんど気づいていなかったが——たしかに気が楽になり、安堵の思いを感じていたと思う。とは言っても、しばらく孤独にすごしたあとで彼がもどってきたと聞くと、うれしくないわけではなかった。真っ先にそれを教えてくれるのは、ほとんどいつも、あの掃除にくる老女だった。昨夜ベンホーがもどってきたよ。部屋の隅から箒を取りながら、朝食の皿を洗いにかかりながら、彼女はそう告げるのだ。もしくは、日暮れどきにベンホーがまたうちにくることになってるんだよ、とか。わたしにとって何か特に個人的に重要な意味があると言わんばかりにもったいぶった声で逐一知らせてくれる彼の動静についてのこうした情報をいったいどうやって入手しているのか、老女に訊きたいと思うこともしばしばだったが、わたしはたずねなかった。

今にして思えば、ベンホーはわたしが訪ねていくよりもはるかに多く、わたしの家にきていたように思う。実際、彼の幌馬車を訪ねていったのは一、二回よりも多かったのか、あのとき以外にあの幌馬車の内部をちらりと見たことがあったのか、はっきりと思い出すことはできない。その理由のひとつには、おそらく、あの樅の木林に行くには歩いて村を抜けなければならなかったことがあるだろう。わたしはいつも、できるかぎり村には行かないようにしていたのだ。立ち並ぶ小さな灰色の家々と頑固そうな村人たちには、何とはなしにわたしの気を滅入らせるところがあった。一方ベンホーはその村にきわめてよくなじんでいて、例の宿屋で酒を飲み、うわさ話に興じて長い時間すごし、常連客たちとも仲がいいようだった。彼にしてみれば、そこからわたしの家までは散歩がてらに楽に歩ける距離で、彼は瓶ビールを一本持ってぶらぶらと丘を登ってきて、わたしと一緒に飲むのが習慣になっていた。彼がわたしに見せる態度はいつもきっちりと同じだった。いつも同じ、怠惰で陽気で、からかい半分の態度。いつも同じ、あれやこれやのささいなことがらについての軽々しい、ちょっと毒のあるおしゃべり。いつも同じ、両手をポケットにつっこんで頭を片側にかしげ、目につくものすべてをじろじろと見つめながらぶらぶらと怠惰に歩きまわるようす。ときがたつにつれ、彼のこうした癖がどんどん鋭くわたしの神経に突き刺さるようになった。いらだちがつのり、彼の穿鑿好きな態度に反抗して怒りだすのを、ほとんど抑えきれなくなっていた。とは言ってもずっと、わたしのこのいらだちは正当なものとは言えないという思いに悩まされていた。わたしの行動に好ましい興味を抱いている人物をどうして憎めるだろう？　わたしのすることは何でも、ベンホーの興味を引くようだった。庭仕事だの、家のなかの用事だの、食器棚にペンキを塗るだの、棚をつくるだの、この家を快適にするためのさまざまな雑事が。彼は何時間もわたしのそばでぶらぶらとすごした。実際に手伝うわけではないが、褒めたり、ときには彼なりの助言をくれたりしてわたしを元気づけてくれ、そのあいだずっと、自分の所有物件を改良してくれるいい店子を見守る大家のような、悦にいった満足げな笑みを浮かべていた。

冬になると、彼を見ることは少なくなるだろうとわたしは予想した。この地方では冬はそれほど厳しいものではないが、たびたび起こる強風や暴風雨は幌馬車生活者には厳しそうだったからだ。けれどもベンホーはいつもと同じようにやってきては去っていった。それでも会ったときには生活の厳しさをぼやいてはいたが。わたしはただ単純に、この男の行動が理解できなかった。彼の服は相変わらず高価で派手はでしいものだったし、お金は燃やすほど持っているようだった。彼がポケットを札束や硬貨でぱんぱんにふくらませてあの宿屋にあらわれ、村人全員におごったというような話をいくつも聞いていたからだ。彼はなぜ、まともな住まいを手に入れないのだろう?

けれども彼は自分の住まいが悲惨だということを口実にして、いっそう頻繁にわたしの家にやってくるようになった。すっかりくつろいで、ときを選ばずやってくるようになり、まるでそこにいるのが当然というようにふるまった。そのようすを具体的に説明することはできないが、彼はどんどんわがもの顔にふるまうようになってきて、それが言葉では言いあらわしようのない腹立ちと妙に不安な気分をもよおさせた。散歩からもどってくると、窓によじのぼってはいりこんだ彼が暖炉の火の前ですわっていたことも一、二度あったし、わたしの留守中に彼が家のなかをあちこちのぞいてまわったと確信できたこともあった。動かされていたものは何もなかったようだし、彼が何かにさわったという証拠もない。それでも、家のなかのすべてがしげしげと調べられたという感じがした。また別のときには、キッチンから静かに出た際に、彼がわたしの寝室のドアをそっと開けてなかをのぞいているところを実際に見つけたこともあった。あの男が子どもじみた好奇心という以上の魂胆をもっていると疑うなんてばかげている。そうわたしは何度も何度も自分に言い聞かせた。彼は大きないたずらっ子と同じで、無邪気な礼儀知らずにすぎないんじゃないの？　でなければ、悪気はないが手に負えないばかな動物みたいなもので、わたしにすっかりなついたものの、自分がいつでも歓迎されているわけではないとわかるほどの分別はないのだと考えようとした。それでもやはり、彼がそばにいると落ち着かない気分になることが多くなり、彼のどすどすという重たげな足取りがまちがいなくわたしの家の戸口に近づいてくるのを聞くたびに、神経質な嫌悪を感じるようになった。

ある日、わたしはずばり、彼にたずねた。どうしてまともな家を買うか借りるかしないの、と。あんたのこの家に味をしめたせいでほかの場所が選べなくなったんだよ、そうでなかったらこれまでにそうしてただろうさ。そう彼は答えた。あんただってわかってるはずだ。急いで家を決めるのはまちがいなんだ。いちばんいいのは、本当に自分にぴったりの場所が見つかるまで、じっと待つことなのさ。

この家がほしいと思ってるんなら、まだ当分待つことになるわよ。そうわたしは言った。だってわたしはここから引っ越すつもりはないもの。

わたしたちふたりともが、まるで冗談ででもあるかのように笑った、そのときだった。

そのとき、次にくるものを予感するわたしの埋もれた直感が意識にのぼるべく、最初の一歩を踏み出したのだ。

わたしはずっと、ベンホーについて心を決めることができずにいた。彼は本当は知っているのではないか、わたしがもうじき、そう、ついに、しかも非常に悲しむべき状況でここを去る宿命にあるということを？　彼はただのお調子者で、偶然こういう役回りを演じているのだ、でなければ最悪でもただの無自覚な手駒にすぎないのだ。そう信じたいと思うこともたびたびあった。また別のときには、証拠の重さのせいで、彼がはるかに腹黒い役割を担っていると思えることもあった。現金をたっぷり持っていること、突然あらわれては同じように唐突に姿を消すこと、幌馬車のなかに散らばる書類や本という不可解な存在、彼がよく着けている刺繍の紋章といったささいなことまでも、これらすべてが官憲とのつながりを示しているように思える。でもその一方で、彼の怠惰な性格のせいだと考えるべきかもしれない。それは見せかけだけのものでないことはたしかだし、官憲とはまったく相容れないものだ。それに彼の犬に似た人なつっこさは、うんざりさせられるとは言え、こちらの警戒心を解かせるものだ。あの男が四六時中、何が起きているかに気を配っているとは、とても思えない。だがその反面、そう思わないのもむずかしい。しかしながら、こういった昔の疑問、今となってはたいして大事とも思えないことで頭を悩ませるのは益のないことだ。今、わたしが住むことを許されなかったあの家で雑事にいそしんでいたのはいつだってベンホーのためだったことを考えると、感じるのはどぎまぎするような憂愁を帯びた鋭い後悔にほかならない。そしておそらく今日も、ベンホーの鑑賞力があるとは言えない目は、はるか遠くの水平線にお城のように浮かぶ、わたしが訪れたことのない島々を見つめているのだろう。

わたしの居場所

Now I Know Where My Place Is

南の国に到着してからほぼすぐに、そのホテルの話を耳にするようになった。それが悪い評判だったと言うつもりはない。賭博場やいわゆるカントリークラブのようなところに置いてある扇情的な新聞にのっていたわけではなく、どういうわけかその名前がしょっちゅう出てくるように思えたのだ。わたしと一緒に宿泊している友人たちは、ほかのみんなと同じように、かなりの時間を泳いだりテニスをしたりしてすごしていたが、彼らと一緒にビーチに出ているときとか、ひと試合終えてテニスコートから離れるときとかに、すぐそばにいる誰かがなにげなく言っているのを耳にするのだ。昨日そのホテルでランチをしたよとか、今夜はそのホテルへダンスをしにいくのよとか言っているのを。

奇妙なことに、そのホテルの話をする人のなかに、わたしの友人たちはひとりもいなかった。実を言うと、説明はできないがなんとはなしに、友人たちはわざとわたしの前でその話を持ち出さないようにしているという印象を受けていた。みんな、本当はその場所のことをわたしには知らせないままにしておきたかったのだろう。

そのホテルの話をはじめて耳にしたとき、それはわたしにとってはただの名前にすぎなかった。南国のどこかのホテルが話にのぼっているという程度のことでしかなかった。でも、本当にそうだろうか？　あれからずいぶん時を経た今、ふりかえってみると、はじめて聞いたのはあのとき、緑色の水着を着た娘が手に持った麦わら帽子を振りながらビーチを歩いていて、連れにあのホテルのことをしゃべりながら、わたしの前を通りすぎていったときだと思う。あのときも、浜辺に照り返すむらのないくっきりした光のなか、わたしの心で何かがかき乱された。わたしの心のなかに咲いている小さなヒヤシンスが、静かに新しい花びらを開いたのだ。

あの人たちは本当にあの場所のことを話していたのだろうか？　何年ものあいだ、わたしの意識野に不完全な記憶のようにしつこくひっかかっているあの場所のことを？　退屈だった学校の授業中に、それからその後、人生に導かれてまったく異なるさまざまな状況に陥ったとき、それはどんなにたびたび、眠りと目覚めのはざまの茫漠とした薄明にぼんやりと浮かぶその姿をわたしの前にあらわしていたことか！　わたしの想像のなかで、それはあたりさわりのないおとぎ話に出てくるお城のやぐらのように丸みを帯びた奇妙な塔だった。そこのバルコニーや、大ホールにある光の王冠のようなシャンデリア、ヤシの木や花をつけた潅木や背の高いみずみずしいカンナの花壇で彩られた熱帯の庭園。それらがいかにも、本当に経験したもののように思えていた。こうしたものすべてを、わたしは亜生命のように流れている奇妙な夢の原形質、その存在の本流と同時に発生していながら、完璧に独立して流れているものの一部として受け止めるようになっていた。

わたしは本当に、子どものころにそのホテルを訪れたことがあったのだろうか？　そんな簡単な疑問の答えもよくわからないのは奇妙だと思われるかもしれない。けれども昨今では、人生というのは本当にあやふやで、自分自身についてもほかのどんなものについても、起きることはすべてどんどん不確かなものに思えてきている。だからそんな昔に起きたできごとについて、はっきりと言うことはできないのだ。実際のところ、人は毎日不確かさを突きつけられ、人間の判断や五感は信頼できないという証拠と向き合うことを強いられている。だから見たり聞いたりすることについて、きっぱりと断言することなど不可能なのだ。そして現在起きている事象についてこのことが言えるとするなら、遠い過去に起きた事象、どんな形にせよたくさんの時間の積み重ねによって歪められている事象について、どれぐらい正しいことが言えるというのだろう。ともあれ、人を欺く見せかけや、人を惑わすうさんくさく謎めいたできごと、説明がつかず頭を悩ませる矛盾の数々など、際限なく例をあげることができる。そうしたものに人はずっと囲まれており、それに対処するよう望まれている。どうすればいいかなど知りようもないのに。

人はどこまでもとぎれずに続く霧のなかで生きているようなものだ。そして、わたしがあのホテルに疑いを抱いてしまうのも、このあいまいさのせいなのだ。もしかしたらわたしは本当にすわっていたのかもしれない、まっすぐな金髪を垂らした小柄でまじめでかなり孤独なお姫さまの姿で、大食堂をまばゆく照らす巨大な王冠のようなシャンデリアの電飾の下に。遊びというにはあまりに深刻で謎めいた孤独な気晴らしで頭をいっぱいにして、この世のものならぬジャングルの下生えのようにオレンジ色と真紅の炎を空中高く噴き上げて槍のようにそびえ立つカンナの花に囲まれて。

また、もしかしたら本当は、実家の写真アルバムのなかでそのホテルの写真を見たのかもしれない。そのアルバムのことはよく覚えている。とてもやわらかな革装で、色とりどりのビーズでインドの文字が刺繍されていた。それは本当に、天鵞絨《ベルベット》に似てなくもない革のちょっと肌目の粗いやわらかさなのだろうか、ほっそりとした優美な栴檀の家具や点描で描かれたにおいのない紫陽花の雨とともにわたしの心によみがえってくるのは？　それとも、これもまたただの幻影と青みを帯びた写真にすぎないのだろうか、そのまわりを星座がぐるぐると回転し、もはや昔の夢の影としか思えないような？

こうした疑問の答えを知るには、南国のある店であのホテルの写真の絵葉書をはじめて見たときにもどるしかないだろう。平凡な絵葉書の写真にあの奇妙な丸みを帯びた塔を見て、わたしは衝撃を受けた。その場所に行ってみようと即座に心に決め、最初の機会をとらえて友人たちに、車で連れていってと頼んだ。はじめのうち、友人たちはためらっていた。わたしの率直な要求にまごついているのが見てとれた。それから彼らは、わたしが以前にあのホテルへの彼らの態度から気がついていたのと同じ、説明のつかない抵抗を示したのだ。

結局わたしはみんなを説得して、頼んだとおりのことをさせた。友人たちも本当に失礼な態度をとらずにことわるのはむずかしかっただろう、わたしは頑として決意をひるがえさなかったのだから。

ある午後をその遠出の日に決めて、わたしたちは出発した。わたしはわくわくしてはしゃいでいた。わたしの連れたちは、いやな仕事にも最善を尽くそうとするかのように、もう行くしかないとなった今はじゅうぶん陽気に出発した。けれどもドライブが続くうちに、みんなのムードが変わってきた。会話に長い間があくようになり、みんなの態度やかわしあう目つきに気の進まない気配や不安すらが見てとれるように思えてきた。わたしは彼らの不安の理由を知りたいと思い、みんなあのホテルが嫌いなの？　とか、あのホテルはお金がかかりすぎるのかしらとか、あそこへ行く道はよくないの？　とか、あれこれたずねてみたが、みんなははぐらかすような返事を返してしばらくのあいだは無理やりという感じで適当にしゃべるものの、まもなく沈黙に陥るのだった。

しだいにわたしにもみんなの不安が伝染してきた。ドライブ中に流れていく風景を見ても、安心は得られなかった。街を出てからしばらくのあいだは、平らでからからに乾いた黄色っぽい平原地帯をつっきって、車は走っていた。見たところ人が住んでいるようすはなく、放牧地としても役にたたない。ライオン色の短い草は乾ききってばさばさで、影を落とす木もまったくないからだ。低い山脈の連なりが不機嫌そうに地面と空を隔て、空には今や、奇妙に直立した雲の大群が、不吉な幽霊の大部隊のように侵攻をはじめていた。道のりはわたしたちが思っていた以上に長く、先端にホテルがある細長い半島にたどりついたときには陽射しは薄れ、雷がきそうな薄暗さになっていた。ここでは道路の両側には砂丘があるだけで、それ以外には何もなかった。砂丘にはがさがさした草が模様をつくっており、その向こうにはありのままの色をした穏やかな水面がふたつに分かれて広大な広がりを見せていた。ホテルにたどりつくまで、この道路をかなり長く思える時間、車で走っていった。空には溶岩みたいな灰色が単調に広がり、海は催眠術のような効果を目にもたらした。あらゆる存在が、物憂げに低い音をたてつづけるふたつの海のあいだの狭い道を進む、単調で意識を朦朧とさせる道行きに収斂しているように思えた。

この単調な忘我状態を打ち破るようにわたしたちの目的地がドラマティックにあらわれたときのことを、いったいどうあらわしたらいいだろう？ 不意に夕もやがさっと晴れ、純粋な冴えた光——陽光ではない、日没の輝きの名残の光だ——が西の空いっぱいに広がり、長く連なる波の背にこの世のものとも思えぬ輝きを与えていた。ヨットがいくつかもやわれている小さな入江《ハーバー》の湾曲部では、無数の輝くうろこ波がきらめいていた。ホテルはその入江を見下ろす高台の上に立っていた。たくさんある窓にはすでに明かりがともり、あの奇妙な丸みを帯びた塔に目を向けると、その上のはるかな高みで大きな鳥の群れがくさびの形をつくり、西に向かって飛んでいた。

わたしは車から出て、建物の前の急な坂を急ぎ足で上がっていった。友人たちはわたしを止め、昼の明るさがまだ残っているあいだに入江を見にいこうと大声で叫んだが、わたしはまったく意に介さなかった。

もしかしたらみんなを待って、全員そろってホテルに行ったほうがよかったかもしれない。高慢ちきというわけではなく、蔦を這わせたりたくさんのバルコニーをつけたりして飾りたて、まとまりがないものの広がりを思わせるたたずまいが『源氏物語』の夏の宮を連想させる、そのホテルに。

でも、だからといってなんのちがいがあるだろうか？　ほかの人々がいれば、あの小さな姿を止めただろうか？　薄明のなかですでに色を失ったカンナの花壇のあいだをわたしに向かって重々しく進んでくる、まっすぐな金髪を垂らしたあの小さな姿を？　そして何より、どうしてわたしが彼女を拒むだろう？　まがいものの友人たちや危険なあいまいさにあふれ、見かけどおりのものなど何ひとつないこの世界では、抵抗も問いかけもなしにやってくるものはすべて受け入れるのがいちばんなのではないか——わたしの心のなかに、一輪のヒヤシンスがひそやかに、穢れなく咲いていることをはっきりと知っている、そのことだけを頼りにして？

われらの都市

Our City

「わたしは信じていたし、今も信じている、われらの都市の終焉には天から地獄の業火が降り注ぐことになろうと」

I

われらの都市が〃残酷〃だと言われるのを、どんなによく耳にすることか。実際、この形容があまりによく使われるため、多くの人々の心では、残酷というのがこの都市のもっとも象徴的できわだった特質だと受け止められはじめている。とは言え、おそらく同じぐらい個性的で注目に値するほかのさまざまな特質も存在する。

わたしが思うに、この都市のもっとも驚くべき特質のひとつは多様性だ。わたし個人の経験では、たとえば、比較的短い期間にその複雑な存在のまったく異なる三つの姿を見せたことがある。ひとりの人間がわずかな期間にそうした三つの変化《へんげ》を見ることができるとすれば、考えてみてほしい、われらの都市が何世紀ものあいだに何百万という住人たちに見せる異なる姿は、天文学的と言える数になるだろう。

わたしの場合、最初の変化《へんげ》は、そう、まったく予期せざるものだった。だって誰が——たとえ偏見をもたない人であっても——予想するだろう、都市がタコの姿になるなどと？でも、まさにそれが起きたのだ。わざとらしいほどにゆっくりと、そして同時にほとんど物憂げにも見えたのだが、黒っぽい触手がゆるゆるとほどけ、迷うことなく地球をまわりこみ、はるか裏側の島までのびていったのだ。そこまで行けば安全だろうとわたしが思っていた場所に。その触手の人を惑わす半透明の見かけを忘れることはないだろう。スウエーデンのあの暗い色のガラス、紫と黒を内包しながらなお透明さを保っているあのガラスに似ていた。その触手はまた、実体のない空気のように見えたが、この上なく強靱な鋼鉄の何倍もある強さも備えていた。

第二の変化《へんげ》は、最初のに比べるとまだ予測が可能だった。それはある意味、理にかなったもので、本当に予測していたとまでは言えないものの、それがあらわれたときにはたしかにその必然性が理解できた。事実、本当に——まだ意識的でも完全でもなかったが、少なくともまだはっきりと確定はしない、おぼろげな状態で、わたしは予見していた。それが起きたあとでこのことを確信するのはむずかしかったが。それは、わたしたちみんなが、動物虐待防止協会の映画や写真やポスターで見て知っている、恐ろしい歯のついたはさみ罠だった。残酷な歯でやわらかな毛皮で覆われた野生動物の繊細な脚や足先をがっちりとはさみ、肉を押しつぶしてもろい骨を砕き、犠牲となる動物を押さえつけて苦痛に満ちた緩慢な死に追いやるものだ。獲物を切り裂いていくように見えるぎざぎざの刃と、空にそびえ立つ、ところどころ荒廃させられた都市の獰猛な輪郭線は、一種似ているとすら思える。

第三の変化《へんげ》については、わたしはあやふやな立場にいる。わたしには、この都市の性格のこうしたあらわれかたは、第二のときよりも関連性がちょっとあやふやではあるが、それでもやはり理解できたし、前回のことを考えると驚くことでもなかった。でも部外者、この世界のほかの場所からきた人には、どんな変化《へんげ》の形よりも驚くべきものに見えることだろう。「どうして都市が都市であると同時に判事になるなんてことがありうるんだ?」そういう男ならさらにこうたずねるだろう。「だいたい判事ってのはだな、ただ犯罪者を呼び出して法廷に出て裁判をおこなって判決を言い渡すだけじゃない、その刑がちゃんと実行されるのを実際に見届けるものなんだ」

そういう人物には、わたしはただ、あなたにわかるように説明することはできませんと答えるほかない。こうしたことはちゃんと理解してもらえるものでもないし、わたしたちがそれを理解していないのにはそれなりのもっともな理由があることは疑う余地がない。もっとも納得できる態度としては、あまり深く穿鑿したりせずにその事実をあるがままに受け止めることだろう。そしておそらく、それと同時に、それらの事実を説明するための自分なりの理論を組みたてることだろう。

そう、われらが都市があるときは判事、またあるときははさみ罠、また別のときはタコになるのがどうしてなのか、わたしには説明できない。また、わたしに下された判決についても説明することはできない。その刑は本当はふたつあり、たがいに相容れないものであるが、同時に執行されている。この都市から追放される刑と、この都市のなかに監禁される刑だ。そもそもこんな絶望的な状態にずっと甘んじていることじたい、なんて図太い心臓の持ち主なんだと思われるかもしれない。実際、本当に絶望することもしばしばある。この矛盾があまりに厳しく無意味で理解不能であることに、耐えがたいと思えることが。そういうときにかろうじてわたしをもちこたえさせてくれるのは、希望だ。いつかそのうち偶然にでも解決策があらわれるかもしれない、この矛盾した刑の片方がなんとかしてもう片方に融合するかもしれない、もしくはこの判決全体が緩和されるか、ことによると赦免されるかもしれない、そういう希望だ。こういうあいまいな事態には整然とアプローチしてもなんの益もない。できるのはただ、可能なら生きつづけることだけ、そして機会があれば、ほんの少し、おずおずと進んでみることぐらいだ。最初はある方向に、それからまたべつの方向に。そうしていれば、いつかついに解決策が見つかるかもしれない。よりあわせた針金でできた知恵の輪がまったく偶然の操作によって、突然ぱっとふたつに分かれることがあるように。

II

わたしが住んでいる場所のそばにある通り、そこはひどく見苦しい。スラム街ではなく、安いがまっとうな住宅街と呼ばれる地域だ。そこに住んでいる人々は本当に貧しい。図書館で働いている難民女性がこの通りに部屋を借りている。彼女はそこに避難してきたのだ。わたしだったら、むしろそこから避難するべきだと思うことだろう。

見苦しいのは、そこの黄ばんだ灰色をした小さな家々だけではない。それほど急ではないが上り坂になっている道路、街灯柱、ずんぐりした空襲用シェルター、溝ですらもがすべて、悪意に満ちた卑しい雰囲気をかもしだしているように思えて恐ろしい。通りもまた、臭かった。それはわたしに描写できるかぎりでは、悪意をはらんだすっぱいような臭いだ。アスファルトの臭い、なかなか空にされることのないごみ箱の臭い、そして悪意。その通りを歩く人々も悪意に満ちているように見える。通りすがりに憤慨したような目をこちらに向けてくるのだ、まるで傷つけてやりたいとでも言うような目を。こちらを自分の思いどおりにしたいと思っているような目で見つめてくるのだ。わたしはこの通りの人々の手に引き渡されるのはごめんだ。通りを走りまわっている子どもたちまでもが、悪意に満ちた小鬼のような顔をしている。格子模様のワンピースを着た小さな女の子がわたしを押しのけるようにして追い抜く。櫛のとおっていないねこっ毛がわたしの腕をかすめ、その瞬間、わたしの肘のすぐ下で甲高い叫び声があがる、その音がその午後じゅうずっと響き渡っている。わたしはいたずら好きな小鬼に長い針で耳を刺されたような気分になる。

わたしが今その前を通っている、はげたこぶみたいなシェルターは、奇妙に不健全なものに見える。まるで、痛みをもたらすのをやめてかたくなり、消えることのないこぶになったできものみたいに。それは、ときおり誰かの首に見られる年季のはいった腫れ物を思わせる。あまりに長いあいだそこにあるので、よそ者でもなければもはやその存在に気づかないといったものを。このシェルターの入り口には金網が張られている。わたしはそのなかをのぞきこむ。その内部は汚れている。

さて今、この通りでは何かひどく妙なことが起きている。小さな犬が飼い主の女性を追いかけ、角を曲がって駆けてくる。そう、本当に犬だ。なんとほっとすることか。さらにいいのは、それが半分ライオン、半分キヌザル《マーモセット》というきわめて貴族的で古風な品種の犬であることだ。わたしも、犬とともに暮らす幸せをもう一度知ることができるなら、ほかの品種ではなくその品種から伴侶を選ぶだろう。

その赤リスのような色をした小さな犬は、その品種に特有の手放しの喜びようで走ってくる。羽毛状の尻尾をうしろになびかせ、しなやかに跳ねる動きのリズムを舗道に響かせるように。王の伝令のようなこの小さな生き物がはずむように疾駆するのを見るときの感情をどう説明すればいいだろう？　走っているときのこういう犬たちは、わたしの目にはいつも、驚くほど恐れを知らず元気いっぱいに見えるし、同時に勇敢かつ楽しんでいる——ちょっとばかげてさえいる——ようにも見える。しかも非常に威勢よく陽気に、ほとんど英雄のように、この途方もなく危険な世界でまったくためらうことなく突進していく姿は小型のドン・キホーテのようだ。

そのライオン犬はその血統特有の果敢さと熱情をもって突進し、アスファルト臭と悪意をはらんだすっぱい臭いを放つあの見苦しい通りに駆けこんでいく。それを見るうちに、こういう考えが浮かんでくる。人間はあの犬の基準で暮らそうとするべきではないのか。それこそを目標とするべきではないのか。

Ⅲ

今朝の空はなんと青いのだろう。まるで夏が親切にも、この日は時計の針をさらに一時間進めることに同意したかのようだ。今日はまだ四月四日だが、わたしたちはすでに時計を二時間進めるダブル・サマータイムにはいっている。今日の天気は、先週の大半がそうだったように霧がたちこめていてもおかしくはなかった。雨が降っていても、強い風が吹いていても、さらには吹雪いていたとしても。けれどもありがたいことに、天気は申し分なかった。今日び、ありがたいと思えることなどたいしてありはしない。坂を上って蝋燭のような形の尖塔のある教会に向かう人々は、感謝の祈りをささげるにふさわしいことを見つけるのに苦労することが多いにちがいない。でも今日はみんな、上天気を与えてくれたことを神に感謝できるだろう。庭をもっている人たちはさぞかし喜んでいるだろう。ラッパズイセンのまばゆい黄色がいたるところではじけ、果樹の花が咲き乱れて、平和な国々と同じように美しく見えることで、感謝をささげるさらなる理由がもたらされているからだ。一夜にして栗の木のつぼみが割れ、美しい緑色の、害のないミニチュアの炎が燃え立っている。長いあいだぼんやりと眠っていた木々がすべて、突然この奇蹟のような緑色の炎で照らされて、穏やかな希望のかがり火が静かに快く燃えているようだ。おお、空のなんと青いことよ。青い空高く、銀紙の凧の群れのように揚がっている防空気球（訳注――低空飛行で侵入してくる航空機からの攻撃を阻止する気球）がばかげたものに、むしろ陽気にすら見える。

教会の下のほうにある小さな家の庭で、桜の老木が今にも花を開こうとしている。何千という小さな白いつぼみはまだかたく閉じているものの、枝の上の、ネズミの耳ほどの大きさの金色がかった緑色の葉のあいだで震えおののいている。太陽の光を浴びる上のほうの枝では、すでに花が開いていて、こちらでは開いた花びらが房のように重なりあい、まるで吹雪が若い葉のあいだにつかまって残っているように見える。気の早いミツバチが何匹か、この桜の木を見つけ、白い花の上を忙しく飛びまわっている。

その小さな家に住んでいる異国の娘が、窓から身を乗り出している。桜の花はもう少しのところにあり、もうちょっと乗り出せば星を咲かせているような小枝に手がとどきそうだ。娘の顔が明るく見えるのは、桜の花からの照り返しだろう。でなければ、ミツバチのぶんぶんいううなりや鳥のさえずりに故郷を思い出しているせいかもしれない。もしかしたら、こうした楽しげな物音をもっと強い陽射しの下で聞いていたことを思い出しているのかもしれない。

娘は窓辺から離れようとしない。長いあいだ、窓枠に両腕をついて身を乗り出している。明るい表情ではあるがどことなく悲しげに見える顔のまわりの金髪を、風が軽くなぶっている。娘の立っているところからは、庭の塀の向こうの、教会に向かう坂に続く、灰色の静かな家々が並ぶ通りが見渡せる。平時なら教会の朝の鐘が鳴っている時間だが、今は鐘はない。礼拝に向かうわずかな人々は、たがいに離れてのろのろと歩いている。黒い服は春の日には重すぎるように見える。向かい側の家の開いた戸口では、ひとりの婦人と小さな男の子が、ひとりまたひとりと教会に消えていく人々を見つめている。最後のひとりが見えなくなると、母親は子どもの頭に手をのせ、やさしく向きを変えさせて一緒に家のなかにはいり、音もたてずにドアを閉める。

白鳥の形をした雲がひとつ、ふわりと漂っている青い空の下、通りにはもう誰もいない。

と、ひとりの少女が角を曲がって、足早に歩いてくる。黒い目をしてすらりとやせていて、身なりのいい服装をしている。急いで歩くにつれ、ハイヒールがカツカツと楽しげな音を響かせる。窓辺にいる友を見つけ、手を振って挨拶を呼びかける。異国の娘は駆け下りて友を出迎え、ほどなくふたりは草の上に腰をおろしている。白い花びらはまだはらはらと散ってはいない。桜の木の下でしゃべり、しばしば微笑むふたりはなんと幸せそうに見えることか。黒い目の少女は夫の近況を伝える。はるか遠くの砂漠で戦っている兵士の夫から、ついさっき手紙がとどいたのだ。夫のことを話す少女の顔は生き生きと輝いて美しい。異国の娘は熱心に身を乗り出し、友の喜びをともに喜ぶ。

何かに注意を惹かれ、彼女はそちらに顔を向ける。見て、チョウチョよ。そう声を張りあげる。今年最初の蝶だ。故郷を出てからわたしが目にする最初の蝶。

がやがて、そのきれいな赤茶色の蝶がひらひらと飛ぶのを見守るうちに、少女の顔の生き生きとした輝きが失せ、目から青みが消えてゆっくりと涙で暗く曇ってゆく。他方の娘も深刻な顔になり、しゃべっている言葉もとだえがちになって、口から出る前に死に絶える。ふたりが大事にいつくしんできたこのもろい幸せは、風のひと吹きで飛ばされてしまいそうな、不確かでもろい翅をもつこの蝶のように消えてしまう。

ふたりの頬を濡らした原因は異国の生活だけではない。ふたりともそれに気づいてはいるが、それについては何も言わない。悲しくなるようなことは何も言わず、すぐさま雲の形について話しはじめる。今は白鳥ではなく、しりごみする小さな馬のような形になりつつある雲の。ほどなく、ふたりの少女はまた、たびたび笑うようになる。ふたりの声がもはやそれほど楽しげには聞こえないように思うのは、おそらくただの気のせいだろう。この美しい春の陽気のなか、屋外に出ていて、どうして楽しげな気分を感じないでいられよう？　空は本当に美しく青い。桜の花は真っ白だ。

Ⅳ

わたしのベッドわきの時計には、闇のなかで光る文字盤がついている。それは小さな白い時計で、旅行に出かけるときは文字盤の上にスライドさせるシャッターがついている。この時計は数多のすさまじい旅行でわたしの伴侶となってきた。北方の海で強風を受けたときには、壊れないように布でくるまれ、大事にしまいこまれていた。熱帯の海では波しぶきを浴びて金属部品が変色した。数多のベッドのわきから、わたしとともに辛抱強く、ふたつの半球の上での星座の厳粛な歩みを見守ってきた。

今、この時計は、この奇妙この上ない都市のベッドわきで、同じように辛抱強く立っている。まったく同じ、動じることのないよそよそしさで、時を刻んでいる。その音は味方であるようにも、ないようにも聞こえない、中立を示す音をたてている。中立の科学的な観察者なのだ、この時計は。その文字盤の前を通りすぎるものすべてを永遠に残せるように、静かに記録しているのだ。長いつきあいだというのに、この時計とわたしはあまり親しい間柄ではない。わたしがこの時計に抱いている感情は、友情というよりは尊敬に近い。

たった今、この時計の針は二時半を指している。二本の針は闇のなかで緑色に輝いている。わたしは一時間眠っていたのだ。一分ほどの時間がチクタクとすぎてゆく。それから、やかましい音があがる。サイレンが鳴り響き、わたしの部屋をすさまじい音で満たす。こういうことはいつでも起きる。いつもまったく同じだ。わたしが目を覚ますのはサイレンのせいではない。いつも、警報が実際に鳴るより一分か二分早く目が覚めるのだ。サイレンの音が終わる。また別の騒音がはじまる。上のほうで自動小銃が重々しい音をたてて撃ち合う。飛行機のぶんぶんという音がわたしの頭のまわりを包む。黒い窓の外ではサーチライトが探索をはじめる。幅の広い光線がのこぎりとなり、狭い光線がはさみとなってわたしの神経を切り刻むのが感じられる。やがて突然、都市の上のはるか遠くから、鈍くくぐもった、重厚な音が響いてくる。阿鼻叫喚のはじまりだ。それはどんどん近づいてくる、情け容赦なく。そしてついにここに、わたしの上にくる。暗闇が破裂し、雷鳴のような大音声が轟く。それらの騒ぎのただなかで、部屋のどこかで何か小さな物体が倒れる音が聞こえる。わたしは手をのばしてスイッチに触れる、信じられないようだが、いつもと同じように電気がつく。落ち着いた黄色い光のなかで、わたしはそれを見つける。もちろんそれは整理だんすの上の写真だ、磨かれた木材の上ですべり、うつ伏せに倒れたのだ。いつもそうなるのだ、こうなるたびに。いつも振動で写真が倒れる。その音がやり場のない怒りをこめて夜のなかに響くのだ。外では夜が引き裂かれ、四方八方に揺れ動いている。わたしは耳をふさぎ、いくらかでもどよめきを締め出そうと努力をするが、むだだ。とりわけ、拷問のような音があり、カンバスを引き裂く悲鳴に似た音を何倍にも増幅したようなその音を、わたしは死にものぐるいで締め出そうとする。

その音はわたしに、言語を絶する孤独を感じさせる。この小さな家にわたしはたったひとりでいる、この時計、もはやその音を聞き分けることもできないこの時計以外には何もなしに。この悪魔のような狂乱騒動のただなかで、生きているのはわたしだけ、そういうふうに思える。この都市には本当に、ほかの人間たちがいるのだろうか？　今起きている騒乱がどんな形にせよ人間と繋がっているなんて、想像もできない。これは完全に、人間の起こす範疇を越えた過剰な騒音だ、この都市そのものが激怒しているのだ。われらが都市がこの夜中に獲物を貪っているのだ。

明かりをともしている泡のように、わたしの部屋はこの打ち砕くような騒音のなか、なんの責任も負わずに漂っている。カーテンが少しはためいているが、淡いブルーのカーペットはまったく動じない。実のところ、この淡いブルーのカーペットは、今もまだ壁から壁まで床に敷きつめられている。やかましい音はまったくとぎれることなく続いているように思えるが、ところどころにごくごく短い間があいているにちがいない。なぜなら、その瞬間、わたしは時計がいたわるかのようにたてているチクタクという音に気がつくからだ。化粧台の上の小瓶たちがくすくす笑うようにぶつかりあっているのが聞こえる。長い長い時間がこうやってすぎてゆく。

ようやく、少しずつ静かになってくる。騒音がだんだん小さくなって、遠のき、やがて消えていく。頭上で半狂乱になったようにうるさい音を立てていた飛行機どもも、やがて遠のいていく、都市から離れていく。外の通りを誰かが急ぎ足で歩いてゆく。どすどすと重たい足取りで。巡視員だろう、おそらく。すると、生きている人々がいるのだ、この都市にいて動きまわっているのだ。時計は時を刻みつづける、疲れを知らない熱心な記録計として。現在は、危険なし《オール・クリアー》を知らせる音がやむことなく鳴り響いている。どれだけ長く息が続くかためしている少年が叫びつづけているかのように。ついにその音もやむ。そして、測り知れないほど大きな安堵。ひどく慎重に、できるかぎり静かに、わたしは電灯を消す。

騒音は終わった。けれども今、これまでとはちがう驚くべきことが、恐ろしいことが起きはじめている。明かりの消えた真っ暗な窓から、この都市全体に起きている言葉では言いあらわせない動きに、わたしは気づいている。あちこちの街路や廃墟のなかで、音もなく渦巻くような動き、建物が上向きに起きあがろうとする目に見えない動きに。沈黙が、けなげに勤勉に、おずおずとながら、みずからを立ち上げようとしているのだ。あちこちの公園や広場で、溝で、からっぽの家々で、沈黙が呼びもどされている。急速に編みあげられる蜘蛛の巣のように、月に向かってすばやく、もろい殿堂が立ち上げられてゆく。ほどなくそのおぼつかない仕事は完成し、都市全体の上に屋根のように、沈黙の覆いがかぶさるだろう。黒いクロッシエ（訳注―釣鐘形の婦人用帽子）をかぶるように。とてつもない緊張が張りつめる。唇をかたく結び、不安のしわをひたいに寄せて、全市民が不安そうにうずくまっている、われらの都市の上に吊り下げられた沈黙という名の透きとおった黒い鐘をじっと見上げている。これも今に壊れるのだろうか？

V

この世界にはなんと胸を引き裂くような痛ましい矛盾があることだろう。まるでわざと、抜け目なく、とてつもなく大きな悔恨を引き起こすように計画されているかのようだ。たとえば、今わたしが暮らしているこの小さな家。わたしのような窮状にある人間にとって、ふたつの快適な部屋――そのひとつには本当に、光沢のある淡いブルーのカーペットが敷きつめられている――以上に似つかわしくないものがあるだろうか？　現在の不幸な状況にある自分とブルーのカーペットのようなうわついたものを結びつけて考えるだけでも、衝撃的かつ痛ましいものがある。それでもわたしの人生には、こういった場所が申し分なくふさわしいと思えた期間も何度かあった。その当時は、もちろんこういう場所を見つけることができず、この家が現在のわたしの立場にはつりあっていないのとまったく同じように、当時の自分の境遇につりあっていない陰鬱な状況のなかで生きることを余儀なくされていた。

当局はどうしてわたしをここに滞在させ、絵画やランプとともに安楽な暮らしをさせてくれるのだろうと思うことがときどきある。おそらく、この先たいして長くこんなことが許されはしないだろう。最近、変化が生じそうだという徴候がいくつか出てきている。誰にわかるだろう、いずれそのうち、わたしは石造りの兵舎で、凍えるような独房で、こういうことすべてを後悔の念とともになつかしく振り返っているかもしれないではないか？

きわめてありうることだ、わたしが現在ここに残されているのは、まさにこの目的のため——変化が起きたときに、それをいっそう耐えがたいと思わせる、そのためだということは。そう、彼らは何をするにも奸智に長けている、わたしたちの命運をその手に握っている者たちは。

たしかに、懲役刑の最初のつらい数ヶ月を、刑には不似合いな明るさでわたしの苦しみをあざわらっているかに思える環境で執行するという判決は、陰湿な策略と言えるだろう。今のわたしには、とんでもなく自暴自棄に感じられる日、背負う荷の重さに耐えきれないと思える日がしばしばある。そしてそういう日には、この家は自分の存在をひけらかして冷酷な喜びにひたっている。まるで、本来ここで暮らすべきなのはわたしではなく、どこかの特権階級の幸せな人間——たくさんの恋人をもつ若くてチャーミングな女優とか——だという事実にわたしの注意を向けさせようと決意しているかのように。あちこちの壁にかかっている絵、うわついた道化女やなまめかしいポーズをとっている女精霊《ニンフ》をリアルに描いた絵が皮肉な嘲笑を浮かべてわたしを見下ろしている。

この家の窓からあちこちの木々や庭が見えるのも、残酷な配慮の一部だ。なぜなら、これにだまされて、わたしはときどきこの都市のことを忘れてしまうからだ。ついうっかり罠にはまり、自分は自由だと信じてしまいそうになる。外には開けた田園地帯が広がり、街路も廃墟もないのだと信じてしまいそうに。そしてそのあとに、あの恐ろしい瞬間がやってくる、この都市が依然としてそこにあることを思い出すときが。そうしてわたしはあちこちの片隅をのぞいてまわる。もちろん何も見つからないが、それでもやみくもに、わたしを拒否することのない何かを探すのだ、有罪判決を受けた者の恐ろしい極貧の暮らしのなかで。そういうときには、すべての部屋のあらゆるものがあざけりの目でわたしを見る。壁が笑いで揺れる。絵のなかのあだっぽい美女たちが薔薇色の唇を丸めてせせら笑う。あれだけの悪行を重ねておいて、まだ慈悲を探し求めているのかと。ついさっきわたしが窓から落としてやったパンくずを食べたばかりのスズメたちですら、あざけりを隠さず、くすくす笑いながら飛びさってゆく。そしてこの、ブルーのカーペット。この淡いブルーのカーペットは純然たるあざけりをこめて、わたしの足の下にそのやわらかな身を広げている。

VI

奇妙なことだが、わたしは歩きまわることをやめられない。この都市では、変わり者をのぞいて、散歩をする人はほとんどいない。そうするよう強制されれば別だが。それでもわたしは、この田舎くさい癖を打ち破ることができないようだ。わたしが寝泊まりしている小さな家と、わたしの職場とのあいだの一部には、家が立っていない地域がある。荒れ野だか手の入れられていない緑地のような地域がのび、そこで子どもたちが遊んだり、犬たちが草のにおいをかぎながら走りまわっている。毎日午後になると、わたしはしばらく時間をかけて、この森のような木立ちがあったり、ところどころハリエニシダやキイチゴのやぶで覆われていたりする地域を散歩する。ここには木立ちのなかを抜ける気持ちのいい小径があるのだ。その小径の、ある湾曲部では、一本のシラカバの木が身を乗り出してすりきれた緑色のカーテンを振って広げているように見える。

今日は、その木の下はいつもよりひんやりして暗かった。わたしは開けた空き地で足を止め、空を見上げた。わたしの背後にあたる部分——西に向いている——は、澄んだ光で満たされていた。前方の空は風に飛ばされた雲でやんわりと翳っていた。鉄灰色《ガンメタル》の空に浮かぶクロム色の防空気球に光があたって、曇って色褪せた楯のような空を背景に浮かびあがらせている。そしてその上、ずっとずっと高いところでは、あまりに高いため鳥の群れほどの大きさにしか見えないが、爆撃機の大編隊がはるか遠くの夜間標的を目指して着実に進んでいる。ときにはぼやけ、ときにはまばゆく点滅しながら、異様な美をそなえた機械たちはその孤独で恐ろしい針路を進みつづけてゆく。ひかえめな雷鳴のような轟きを空気全体に響かせながら。

森のなかはどうしてこんなに暗くて肌寒いのだろう？　最初のうちわたしは、いつもより遅い時間だからだろうと考えた。だがそれから突然頭に浮かんだのだ。今までは午後だったこの時間は、今日はすでにもう夕暮れどきにはいっており、この木々が焦げたように茶色く見えるのは旱魃のせいではなく、冬が迫ってきているからだと。葉叢は薄くなり、そこここで黄色くなった葉がわななきながら、おびえた声で「死」と告げている。

森のなかを、なんの変哲もない太鼓腹の男が、黒い犬を連れて口笛を吹きながら、ぶらぶらと歩いてきた。それから、ごくごくふつうの中年の男女がふたりで、シラカバの下の湾曲部をまわってやってきた。男は将校の制服を着ていたが、軍人らしい顔つきではなかった。連れとは反対側の腕のこわきに制帽をはさみ、そちら側の手に、いくつかの包みとミルク瓶のはいった網の手さげ袋をぶらさげている。髪は白髪まじりで、ひどくやせていた。上着はあまり身体に合ってはおらず、歩くときに両膝が少しがくがくしているように見える。連れの女性は、形の崩れた淡い黄褐色の上着に、華やかさとは無縁の実用的な茶色い帽子という、家政婦のような格好をしていた。と突然、このふたりはごく自然なようすでたがいに顔を見あわせ、手をつなぐと、つないだその手を軽やかに誇らしげに振りはじめた。まるで若い恋人たちのように。ふたりの顔はおずおずとした喜びを押し殺しきれず、通りすぎるすべてに、わたしに、犬に、木々に、微笑みかけた。このふたりを目にするなり、わたしは感情を抑えようと努力しはじめた。そうしないと、わっと泣き出すか、わが身を地面に投げ出すか、自分のものではないような指で衣服を引き裂きはじめるかしそうだったからだ。このように心から幸せそうな人々を目にすると、自分の刑罰に耐えるのが本当につらくなる。ああ、太鼓腹のなんの変哲もない男ですら、行こうと思うところにはどこでも、何もたずねることなく信頼と愛情に満ちてついてくる黒い飼い犬がいるというのに。

Ⅶ

われらの都市には、異国の軍隊があふれている。最初、世界の反対側からここにやってきたとき、これら異国の兵士たちが味方なのか侵略者なのか、わたしにはよくわからなかった。そして今でもやはり、同じように見当もつかない。

お金が使われているところではどこでも、こうした高価で上品な制服を着た男たちが見受けられる。劇場で、バーで、レストランで、商店で、こうした男たちが最高の品を買い、完全に背景に押しやられている市民たちの懐具合ではとうていまかなえない贅沢なふるまいをしている。ほしいものが手にはいらないこともしょっちゅうある——食事とか、酒とか、劇場の指定席とか、ある店のある商品とか——が、それはこうした人々が何もかもを買い占めていくからだ。タクシーや車も同じだ——そう、運転手たちは自分の車をこれら底なしの財布をもつ異国の兵士たちに、好きなように、専用車のように使わせているように見える。

実際、彼らは味方なのか、敵なのか？　後者と見なしているような厳しい言葉もよく聞かれる。でももしそうなら、市民の敵意は単にとげとげしい不平不満をつぶやくだけにとどまらず、もっと大きな動きになるのではないだろうか？　それに、これら異国の兵士たちのふるまいには、征服しようとしている軍隊に通常予想されるようなものは何もない。それは認めなければならない。彼らはどこにでもあふれ、あらゆる快適さを独占してはいるが、それ以上われらの都市に干渉しようとするようすはまったく見られない。たとえば、いかなる面でも行政を支配しようとしたり、法律を変えようとこころみたり、自分たちの規則を押しつけてきたりすることはない。

頻繁というわけではないが、ときたま、彼らが地元の人々と連れだって出歩いているのを見かけるときもある。たいていはどこかでひろった若い娘たちだが、彼らの旺盛な購買力にあこがれているように見える若者のこともある。また、彼らの高級将校たちが公式にこちら側の要人たちと連れだって、いかめしい官公庁の扉をくぐっていくのを見ることもある。

もちろん、ごく自然な衝動にまかせて誰かに訊いてみれば、それで疑問は解決するだろう。でもわたしのような状況にある者は、どんなに用心してもしすぎることはない。何をするにせよ、よくよく考えなくてはならないのだ。たとえ、ひとつ質問してみるというような簡単なことでも。どんなことにせよ、目をつけられるようなことになるのはごめんだ。それに、毎日何かが変わっているような、ここの複雑な法規制度では、何が許されるのかどうしてわかるだろう？　もし何か、ひとつでもまちがいを犯せば、その結果、致命的なことになるかもしれないのだ。たったひとつ、足の踏み場をまちがえるだけで、簡単に悲惨な結果につながりかねない。それだけではない、たとえ思いきって通行人をつかまえて訊いたとしても、その相手が答えを与えてくれるとどうしてわかるのだ？　たとえわたしを本当に告訴することはないにせよ、せいぜいで、うさんくさそうな目でわたしを見て、そのまま通りすぎていくだけだろう。熱心な秘密主義というのが、われらの都市の住人たちの性格をあらわす言葉だ。だから危険を冒してやってみるだけの価値はない。それよりは、何もわからないままでいるほうがましだ。

とはいえ、異国の兵士たちがいつも目につくというわけでもない。今のわたしの暮らしでは、ひとりも目にすることなく二、三日がすぎることもしばしばだ。

最初のころは、まったくちがっていた。今の職場で働くように指示される前、この都市のあちこちを歩きまわる時間があったころには、自然とこの異国の兵士たちに目が向いていた。彼らはいたるところでぶらぶらしており、わたしと同じようにのらくらしているように見えていた。そのころ、わたしは彼らの奇妙なところに気づいていた。笑われるかもしれないが、この男たちはある意味わたしと繋がっている、そう思えてきたのだ。遠い血縁の親戚のように、わたしと彼らには何か共通点があるというように。わたしという、この都市の落伍者であり囚人である者からすれば、彼ら異国人たちには、ある繋がり、おそらくは共感のようなものが感じられる。それはここの市民たちどうしのあいだには存在しないものだ。かの異国人たちの、日焼けしていて冷静で何か考えこんでいるような大きな顔を見ると、何かを思い出しそうになることがよくあった。不意に、はるか遠く離れた国の友人たちの顔を思い出したり、ここで向き合っているのは、かつてわたしにもっとも近しかった人々、兄弟同然だった人々と同じ種族の人々なのだという考えが頭をよぎったりしていた。こうした感情があまりに強烈で、さびしさのあまり彼らに何らかの形で合図をしたりしないよう、自制するのがせいいっぱいだった。

とりわけあのときのことをはっきりと覚えている。大通りのひとつでバスを待っていたとき、ぼんやりと目を向けたところに、異国の大尉がいた。レストランの前で、屋外の小さなテーブル席にすわっていた。とたんに、さきほど書いた情動に襲われた。しかもそれはまるで、なんの関わりもない群集のただなかで、よく知っている大好きな人の顔を不意に見かけたような、非常に強烈で鋭いものだった。反射的にわたしは、自分が何をしているかほとんど意識もせずにその男のほうに向かっていた。頭のなかではすでに、支離滅裂な文句が形づくられようとしていた。あのままだと、いったい彼に何を言っていたか、慰めや援助を求めてどんなにとんでもない哀願をしていたか、わからない。どんなことを彼にぶちまけていただろう。けれども、まさしくその瞬間、まるで合図があったかのように、彼はいかにも無造作なようすで立ちあがり、ぶらぶらと離れていった。わたしには、彼との距離はほんの数メートルしかないように思えた。たった一歩か二歩踏み出せば、彼に追いつけそうだった。必死になって、わたしは足を前に踏み出した。彼に追いつこうとして。おそらく彼は、近隣の店のどれかにはいったのだろう。もしかしたら、通りをわたったばかりで、通りを走る車に隠されて見えなかったのかもしれない。いずれにせよ、彼はもう完全に消え失せていた。いつもどおり、歩道では異国の制服がひしめきあっていた。われらの国のものよりずっとかっこよく、身体にもよくあっている制服が。それから数秒間、わたしはすっかり取り乱して、彼らの見知らぬ顔をひとつひとつ順に見つめていた。なかにはわたしを見つめ返してくる顔もあり、思いやりが浮かんでいなくもなかったように思う。けれどもそのどれも、わたしが捜していた顔とはまったく似ても似つかなかった。あの顔をふたたび見ることはないだろう。

おそらく、話しかける機会を失ったのは、わたしにとってはよかったのだろう。でもあの兵士たちについての情報を得る手段を失ったわたしは、いったいどうすればいいのだろう？　だからわたしは何もわからないまま進みつづけなければならない。たとえ異国の目がいまだにときどき通りすがりに、兄弟のような思いやりと理解のこもった眼差しを向けてきて、わたしがもっとも恐れていることをするよう励ましているように思えるとしても。

Ⅷ

何度も見る夢のように、次のシーンがくりかえし展開される。わたしはどこかの相談所で椅子にすわり、申し立てをしている。それはわが退屈な受難の九百九十九番目の展開だ。わたしの前にはいつも、書類と電話で埋めつくされた大きなデスクがある。このデスクの上には小さな告知書ものっており、そこにはカレンダーのような枠囲みのなかにこうきっちりと印刷されている。『警報中に危険が迫った場合、本相談所は閉鎖されます』デスクの向こうには、いつも役人がすわっている。今回、まったく覇気のないようすでわたしと向かい合っているのは、ピンストライプのスーツを着た、くせ毛の大男だ。

わたしの声はレコードのように延々と続く。わたしはそれを聞いてもおらず、自分の口から出る言葉にもいっさい注意を払っていない。しゃべっている内容はとっくの昔に機械的なものになり、わたしがまったく何もしなくても勝手にべらべらと続いてゆく。その陰気な朗誦に注意を向けるかわりに、わたしは窓の外を見つめる。そこはまるで、破壊をもたらす巨像がわれらの都市の上を踏みつけ、その巨大な長靴でいくつもの街区をまるごと踏みにじったように見える。ぺしゃんこにつぶされた瓦礫が何エーカーもの広大な広がりを見せ、そのあまりの単調さに目がだまされて、どの物体が近くてどの物体が遠くにあるのか判別がつかない。地球のほっぺたがどこでゆるやかに湾曲しはじめるのか、何をもってしても止めることのできないきらめく川がそのふくらみの上のどこをまわってゆき、海をくだり、この世界の裏側にある多島海《アーキペラゴ》まで流れてゆくのか、見当もつかない。この近隣に無疵で残っている数少ない建物たちは、周囲がそろって破壊されているなかで気恥ずかしそうに立っている。ひどく居心地が悪そうに見える、まるで目立ってしまうことにおびえているかのように。自分たちがこんなばつの悪い環境にいることをちゃんと理解できていないことが、傍目にも見てとれる。彼らはそこで、途方に暮れて立っている。ぼんやりと記憶に残っている、ちゃんとした居場所があったころのような、まっとうな集団安全保障のなかに逃げこみたいと願いながら。でなければ、周囲全体をあまねく覆っている崩壊した瓦礫に溶けこんで、それとわからないようになってしまいたいと。

窓のすぐ横に、わたしが外を見ている建物の翼棟がかっきり直角につき出ていて、その屋根の上と建物内部で、建物が受けた損傷を男たちが補修しているのが見える。壁にぱっくりとあいた黒い裂け目から、ワイシャツ姿の職人が、壁の表面に沿ってバケツを垂らし、下ろしはじめている。男は注意を集中するあまり顔をしかめている。男はすぐそばにいるように見える、細心の注意をはらって――まるで赤ん坊がはいってでもいるかのように――バケツを下ろす際の、ロープを握ってはりつめる腕の毛まで見分けられる。いったい彼はあのバケツに何を入れているのだろう？　それがわかりさえしたら、もしかしたら一瞬にして、わたしにとって何もかもが正しくなるかもしれない。唇が自動的に動いて、陳情の文句を次々と形づくりつづける一方で、わたしは前に身を乗り出して首をのばす。窓枠のせいで今は見えないバケツの中身をひと目でも見られないかと願いながら。

と突然、役人の怒った声が、気をとられていたわたしをさっと引きもどす。わたしの声が文章の半ばでぷつんと切れ、ぎょっとするような沈黙に陥る。まるで、レコードから不意に針がはずされたかのようだ。

「こんなむだ話をしにここにきて、わたしの時間をむだにして、いったいなんの得になるんですか?」デスクの男がどなっている。「わたしの課ではそういった種類の問題には対処できないということは、そちらにもわかってるはずです——あなたに必要なのは公選の法律相談員です——あなたが行くべきなのはそこです」

「法律相談員?」わたしはびっくりしてくりかえす。自分の耳が信じられない。「それじゃ、わたしのような立場にある者でも法律相談員に相談することが許されるんですか?」

どういうわけか、わたしが驚いたことで役人はいっそう怒りをかきたてられている。彼はこぶしでデスクをどんとたたき、電話機が不満そうにチリンと神経質な音をたて、ペン皿のなかで何本かのペンが不安そうに震えた。

「あんたみたいな人たちにはもう我慢がならないんだ」彼は荒々しく叫ぶ。「まっとうな手続きってものを見つけるだけの分別もないくせに、よくも問題を解決できるなんて思えるものだな?」

彼は立ちあがり、デスクをまわってわたしに近づいてくる。わたしはあわてて椅子から飛び下り、不安を感じながらあとずさる。

「出ていけ！」彼はどなる。その顔は緋色の怒りに満ちている。もしエプロンをしていれば、きっとわたしに向けてそれをあおって見せただろう。でもそうではなかったので、ただ両手を振ってシッシッとわたしをドアのほうに追いたてるだけだ。

わたしはできるかぎりのすばやさで、その大きな怒りの声と、威嚇するようにわたしを見下ろす赤い顔から退却する。それでは、あのバケツの中身を知ることはもうないのだ。あのバケツはもう、あの役人の驚くべき提案と結びついてしまっているというのに。

IX

「そして何ひとつ持たず、誰ひとり連れずに、トランクひとつと本の詰まったかばんひとつとともに世界を旅してまわる、本当に好奇心などみじんもなしに。そういう人生とは、実際はどういうものだろう——家もなく、相続した遺産もなく、犬もないなんて？」

こういった文章を書く作家は、わたしと似てなくもない刑罰を受けたことがあるにちがいない。そうたびたび思うことがある。

そういう男、おまけに天才的な有名作家でも何かの犯罪で有罪にされることがあるなんて、とうてい信じられないだろう。だが、ただの繊細で知的な人たち、わたしにとって情緒的にきわめて大きな意味をもつ言葉を綴るかの詩人のような人々にしょっちゅう有罪判決が出て、きわめて重い刑罰が下されるという、厳しく不可解な事実がある。わたしが思うに、囚人たちのあいだにはテレパシーのようなものが存在するのではないか。それは一種の直感的理解のようなもので、印刷されたページを媒介にして感じさせることすらできるのではないか。そうでなければどうしてわたしは——あつかましいことを言っていると思われそうだが、あえてそれを恐れずに言う——よその国のあの偉大な男や、会ったこともないししゃべりかけたこともない、今は亡きあの男に、同じ受刑者どうしのあいだでのみ通じる、あのやさしくちょっとたじろぎぎみの、悲愴な思いやりを感じたりするのだろう? 彼が数多の見知らぬ部屋で感じたにちがいないことが、わたしの心にも、まるで自分が経験したかのようになんと親密に感じられることか。たくさんの見知らぬ部屋で——みすぼらしい部屋もあれば、おそらく豪華ですばらしい部屋もあっただろうが、そのどれもが他人の持ち物への冷ややかで恐ろしい無関心でもって、彼に敵対しており、それに対抗して彼はトランクひとつと本の詰まったかばんという乏しい準備でできるかぎりわが身を守らなければならなかったのだ。

そしてわたし――わたしはわが身を守るための本の詰まったかばんすら持っていない。自分を守るためにわたしが動員できるのは、服と生活必需品をトランクに詰めたあとの隙間に入れられるわずかな数の本だけだ。この本たちはわたしにとって、勇壮であればあるほど、非常に貴重で尊敬すべきものだ。彼らはわたしのために途方もなく強大な敵、〝人生〟を進んでいくために、ためらうことなく飛びこんでゆく決死隊員のようなものなのだ。

わたしの持つ本について個々に考えるとなると、真っ先に頭に浮かぶのはいつも同じ本だ。その一冊はボディガードのようなものだが、いわゆる忠誠心というものがあるかどうかは疑わしい。わたしは長いあいだこの本を持っていて、つい最近までこれを自分の手元から放したことはなかった。この本が最初にどういういきさつでわたしのもとにきたのかは、さだかではない。プレゼントとしてもらったのか、どこかの本屋の棚でばったり出くわしたのか。著者の名前に覚えがなかったことだけはたしかだ。はじめてその本を読んだのは、たてつづけの災厄がはじまる前の、あのはるか遠い昔のように思えるころだ。当時その話を読んで感じた恐怖をおぼえている。正常な頭脳がこんなに恐ろしいテーマを思いついて精巧に練り上げるなんて、ありうるのだろうかと思ったことも。

だがそれから、ただでさえひどかった事態がさらにひどくなっていき、わたしの置かれている状況がどんどん不都合なほうに向かい、不運が折り重なってできた迷路にずんずんとはいりこんで、そこから脱出することもかなわなくなってくると、この本に抱いていた感情が変わってきた。

わたしのなかでゆっくりと育っていった、深い憂慮をもたらす疑念。それをいったいどう描写すればいいだろう？　最初のうちは、とうてい正当なものとも思えなかった、その疑念を？　何度も何度もわたしはその考えから抜け出そうと努めた。けれどもそれは遅効性の毒のようにわたしの血のなかに執拗に潜み、ある考えでわたしを蝕んでいった。あの本で語られていた話はわたしのことだったのではないか、どうしてかはわからないが、あの主役はこのわたしだったのではないかという考えで。そう、そしてやがてこういう確信になった。あの恐ろしい本はわたしの手引書だったのだ、わたしはあれに書かれていた道をたどるよう運命づけられており、今それを一歩、また一歩と歩んでいるのだ、恥辱に満ちた悲しい結末に向かって。

わたしがこの本を忌み嫌うようになったのなら、当然のなりゆきと言えただろう。この本を破るとか投げ捨てるとかしていたら、理解してもらえただろう。でもそうはならず、わたしはこの本に奇妙な愛着をもつようになった。説明するのはとてもむずかしいが、この本に依存するようになったのだ。むろん、この本に反する行動をしたことはたびたびあった。そういう行動をとるときには、わたしの不運のもとはこの本であり、わたしに突然降りかかったこれらの災厄はすべて、そもそもこの本を読まなければけっして起きていなかったのだと確信していた。でもそのすぐあとで、この本のページを熱心にめくり、この先どんな新たな悲劇や屈辱的経験、入り組んだ問題が起きるのだろうと調べることもあった。

こうした矛盾する姿勢のせいで、わたしはこの本について断固たる厳しい判断をくだすことができずにいた。けれども凶兆と見るにせよ、お守りと考えるにせよ、この本はわたしにとって常に非常に大きな意味をもっており、これを手放すことなど考えられなかった。何時間か以上この本から離れていると落ち着かない気分になったくらいで、とりわけ、訴訟に何か新たな展開が生まれそうに思えていた時期には、わたしは迷信めいた不安にとらわれて、どこに行くときもこの本を持ち歩いていた。

法律相談員のオフィスで、こわきにその本を抱えていたのも、そういういきさつからだった。今になってみると、あのときこの本を自宅に置いてきていればよかったと後悔してやまない。でも、内金として所持品を貨幣がわりに要求されるだなどと、推測できるはずがないではないか？　面談の終わりにその規則を告知されたとき、わたしは本当に驚いた。それにしてもなぜ、あの法律相談員はそれにふさわしい物品としてこの本を選び、にこにこしながらわたしのわきから引き抜いて、部屋のすみの書き物机《ライティングデスク》に積んであった本の山のてっぺんに置いたのだろう？　召し上げるのはわたしのスカーフでも、手袋の片方でも、なんなら腕時計でもよかったはずだ。あのときからずっと、なぜ自分は抗議しなかったのだろうと考えてきた。けれどもあのとき、わたしはひとことも発さずに、あの本を奪われるままになっていたのだ。途方もなくうろたえたあまりにはっきりとものを考えることができなかったし、自信もなかった。これからこの男のいくぶん疑わしげな助言に従おうとしているというときに、嫌われるのが怖かったのだ。そしていったんその、妙に線の細い小さい手に本が移ってしまうと、もう異議をはさむには手遅れだった。

けれどもその部屋にはいるたび、そしてあの本があのまま、すぐ手のとどく距離なのに触れることのかなわない場所に置かれているのを見るたび、わたしの心のなかで葛藤がはじまり、心の奥深くに複雑な気分が生まれる。そして考えはじめるのだ、あの本を取って持ち去るのがいちばん賢い選択なのではないだろうかと。たとえ、今わたしに残されている唯一の助け――かなり疑わしいものではあるが――が得られなくなるとしても。

X

わたしの新しい法律相談員はわたしの申し立てを理解していない。さて、今わたしはいつか書かなければならないとずっとわかっていたこの言葉を書きつづった。わたしは驚いてはいない。まったく。彼――われらの都市の生まれですらない男――がわたしの場合のように長く続いている訴訟がつくりあげるとんでもなく複雑な迷宮を通り抜ける道を見出せたとしたら、そちらのほうが千倍もの驚きだろう。わたしが本当に驚いているのは、自分の楽天性だ。現在、進退きわまっていることを、わたしはひしひしと感じるべきなのだ。わたしはいつもどこで、土壇場での希望となるさらなる新しい頼みの綱を見つけるための勇気を見い出してしまうのだろう？　わたしの苦しみを長引かせ増幅するだけの、この無情にして不滅の希望、わたしはそれを憎む。わたしは希望をひっつかみ、絞め殺してやりたい。

今日、わたしは法律相談員のオフィスに行った。そこはオフィスがいっぱいはいっている大きなビルのなかにある。表通りからそのビルに行くには、攻撃軍を阻止するための有刺鉄線とコンクリートの詰まった箱が両側に並んでいる細い通路を歩いていかなくてはならない。このビルで働く公務員たちは膨大な数の顧客を擁している。なるべく早くこのビルにはいろうと、もしくは出ていこうと急いでいる人々の誰かに押されて有刺鉄線に押しつけられるという危険なしに、この通路を通り抜けることはできない。彼らはみな、常に眉間にしわを寄せ、何ごとかを思いつめている。不安でいっぱいの顧客が予約に向けてわき目もふらずまっしぐらに突き進んでいくときには、王様ですら、さっとわきによけなくてはならないだろう。こうしたせっかちな憂える人々はほとんどみな、非常にせっぱつまった案件の秘密文書やドラマに満ちた調査書類がはいっているとおぼしき、いろんな大きさのブリーフケースを抱えている、そのことは注目に値する。でも同時に、ごくごく平凡な人々が行き来するのも目についた。こうもりがさをこわきに抱えた小男たちや、包みをいっぱいに入れた買い物袋を持った女たちを。

ようやくたどりついた待合室は、ほかのどこかで見かけたことがあるように思える人々でいっぱいだった。そう、どの顔もすべて、とてもよく見知っているような気がした。わたしのためにわざわざ残してあったようにも思える、あいた椅子に腰をおろしたとき、これらの人々のなかに子どもがたくさんいることに気づいた。少年や少女や、小学生ぐらいの子がたくさんおり、もっと幼い子どもたちもいて、すわったまま落ち着かなげにもぞもぞしている。わたしは特に子どもが好きというわけではないが、このかわいそうなおちびさんたちを気の毒に思わずにはいられなかった。あらゆる部屋がもつ、危惧や不安がしみこんだこのいやな雰囲気のなかで育ってゆくなんて。こんな小さな年ごろの子どもたちにどんな罪が犯せるというのだ？　それに、人生がこんな不吉なはじまりかたをしたとなると、この先どんな未来が待ちかまえているというのだ？　けれども子どもたち本人は周囲のようすにまったく注意をはらってはいなかった。ごく幼い子どもたちは、母親の膝で眠っていた。ぽかんとしたうつろな顔をして、大人の膝や肩に寄りかかっている子どもたちもいた。退屈して、ほかの子どもと静かに遊んでひまをつぶしている子たちもいる。革のジャケットを着た少年は、窓枠によじのぼり、紙のように白いおでこを窓ガラスに押しつけて、空をじっと見つめていた。まるで、空にさよならを言っているかのように。部屋の向こう側のすみでは、〈重装備救助隊《ヘヴィー・レスキュー》〉と背中に書かれた服を着たふたりの大男が椅子にすわり、前に投げ出した脚の巨大な黒いブーツを悲しげに見つめている。空気はすえたようによどみ、落ち着きのない息づかいに満ちていた。

一方、このビルのほかのいろんな部分では、絶え間なく騒々しい動きが続いていた。せわしなく歩きまわる足音や床板のきしみ、ドアが開閉する音、ときどき質問や反論で高くせりあがる話し声――そんな音が聞こえてきた。待合室にいるわたしたちだけがそうした活動から締め出されているように思えた。まるで、どこかのよどんだ礁湖《ラグーン》で難破して、忘れ去られた人々のように。

ときおりドアが細く開いて、はっきりとは見えない人物が顔をのぞかせ、待っている顧客のひとりを手招きする。その顧客は銃剣で突かれたようにぴょんと立ちあがり、急いで出てゆく。これが起きるたびに、室内に興奮のざわめきが走り、何分かたつと、残された人々がふたたび落ち着きのない待機状態にもどる。こんなことがいったいいつまで続くのか、見当もつかない。何時間もすぎたような気がする。もしかしたら半日ぐらいいたったかもしれないという気がしてくる。待っているあいだ、以前わたしの法律相談員《アドバイザー》だった有力者のことが思い出された。上品なタウンハウス、男性の召使い、予約時間きっかりにわたしを入れてくれた、ワイン色のカーテンのかかった部屋。今やこんなみじめで尊厳のないやり方で助言を求めなくてはならないと思うと、わたしの案件がどんどんひどい方向に変わっていることを痛感させられた。まるで当局が、わたしをここに送りこむことで、わたしの降格処分に公印を捺したとでもいうような。

ようやく、わたしがその謎めいた呼び出しを受ける番になった。自分の番がきたら、焦ったりあわてたりせずに落ち着いて室内を歩いていこうとわたしは決めていた。けれども、ほかのみんなとまったく同じで、思わず飛びあがるようにして立ち、ドアに向かって突進していた。まるで稲妻の速さでドアを通り抜けなければ生命にかかわるとでもいうように。廊下はひどく暗く、何げなさそうな足どりで前を歩いてゆく男の姿がぼんやりとしか見えなかった。男は左手のドアを開け、わたしにはいるように合図をすると、わたしのあとから部屋にはいった。どうやらわたしを呼びにきたのは法律相談員本人のようだった。若く、かなり太っていて、見るからに異国人だった。非の打ちどころなく結ばれた蝶ネクタイをつけ、肥満した人々によくあるように、凝り性っぽい、繊細とさえ見える雰囲気をまとっている。特に、青い斑点のあるこぎれいな蝶があごの下に留まっているように見えるネクタイがその効果をあげていた。

彼はしばらくのあいだ、立ったまま蝶ネクタイの両端をそっと指でいじりつつ、心ここにあらずという感じでありながら礼儀正しいとも見える笑顔をわたしに向けていたが、それからわたしにすわるようにと言った。わたしは彼が指し示した椅子にすわり、わたしの申し立ての説明をはじめた。部屋はとても小さくて真四角で、壁は緑色だった。窓の外には、窓ガラスにほとんど触れんばかりのところに大きな木が一本立っていた。盛りの季節ももう終わりだというのに、まだ震える緑の葉で覆われている。木の葉がさざめくと、天井や周囲の壁一面に淡い影がゆらめき、そのせいでまるで水槽のなかに閉じこめられているような気分になった。

わたしはすこぶる落ち着かない気分になった。わたしの申し立てについてくわしく述べるのはむずかしいことだった。どこから話をはじめていいかも、細かい部分のどれをちゃんと話してどれを省くべきなのかもわからなかった。このとてつもなく長ったらしく、こみいった案件のすべてを詳細に話すのはどう見ても不可能だからだ。

その若い異国人はすわったまま、一度もメモを取ることなく、わたしの話に耳を傾けていた。彼の態度は申し分のないものだったが、なんとなく、完全に集中しているわけではないという印象を受けた。こちらの話をどれぐらい理解してくれているのだろうかと、わたしはいぶかった。彼がしゃべったわずかな単語を聞いて、彼の言語把握能力は完璧とはほど遠いものだとはっきりとわかっていたからだ。それになぜ、わたしの陳述の要点をせめて書き留めるなりしないのだろう？　よもやこんなこみいった案件をただ暗記するつもりなのだろうか？　ときどき、彼は蝶ネクタイを指先でいじり、あいまいな笑みを浮かべた。けれどもそれがわたしに向けたものなのか、自分の考えにふけっているせいなのかは知る由もなかった。

突然、この状況が痛ましく無益なものに思えてきて、涙がこみあげてくるのを感じた。こんな水槽のような部屋で、ごくごく私的で身を切るような悲しい体験について、ちがう言語を話す笑顔の異国人に語り聞かせるなんて、わたしはいったい何をやっているのだろう？　立ちあがって出ていこうかとも思ったが、わたしの口は動揺しながらもしゃべりつづけ、わたしの窮状の深刻さを理解してほしい、もっと真剣に考えてみてほしいと懇願していた。彼がわたしに残された最後の頼みの綱だとわかっていたからだ。

若い法律相談員は礼儀正しくわたしに微笑みかけ、小さな手をあいまいにひらひらと動かしながら、同時に数少ない言葉で、わたしの申し立ては実のところ、わたしが思っているほど例外的なものではないという趣旨のことをしゃべった。実を言えば、かなりありふれたものなのだ、と。それはちがうわ、とわたしは抗議した。あなたはたぶんわたしの言うことを完全に理解できてはいないのよ、と。彼はまたもや笑みを浮かべ、あのあいまいな手振りをくりかえした。それは安心させようと意図してのことかもしれないが、ただ、わかってもらえていないという不信感をこちらに抱かせるだけだった。それから彼は、面談の終わりを暗に知らせるかのように腕時計に目をやり、二、三日後にもう一度くるように指示した。

どうやってそのビルから出たのか、記憶にない。コイル状の有刺鉄線にはさまれたあの通路を通り抜けたことも、いっさい覚えていない。陽は沈み、わたしは都市のまったく見たことのない住宅地にいた。両側に大きな家が立ち並ぶ、長く急な上り坂のまったく人けのない通りを歩いていた。家のほとんどは誰も住んでいないように見えた。家々の庭には、乾いた秋草が丈高くのび、窓には割れた鏡のようにふちがぎざぎざになった黒い穴がぽっかりとあいて、沈みゆく太陽の最後の光が容赦なくそこに反射している。やがて、冷ややかにわたしを見る異国人とすれちがった。さらに数人、冷ややかな顔をした異国人が通りすぎ、さらにまた何人かとすれちがった。道路わきに奇抜な色をした装甲車が連なって止まっていた。車体にペンキで神秘的な符号が描かれている。それらの形が何を意味するのか、わたしには見当もつかなかった。この奇妙な疎外感から逃れられる場所がはたしてあるのか、わたしにはわからなかった。われらの奇妙な都市で疎外されていることにどうすれば耐えられるのかも、わたしの法律相談員であるあの異国人をまた訪ねていくべきなのかどうかも。

訳者あとがき

先日、二十数年ぶりに矢野顕子の『在広東少年』を聞いて、ちょっと驚いた。目が見えないわたしにほほえみ、耳がこわれたわたしにうたうおまえ。ふくらんだ指の中に電話のベルが鳴り、ジェット機が墜ちる。これはカヴァンの世界と同じではないか。少なくともわたしにはそう思えた。アンナ・カヴァンという作家は神経症（古い言葉であり古い捉え方であることは承知の上で）に加えヘロイン依存症という特質をもつ特異な作家として受け止められているが、実は彼女が描いて見せる奇妙な世界は、ドラッグや病気の影響という域を超えて、天才的と呼ばれる感受性を備えた人々が見ている世界なのではないか。特に根拠があるわけではないが、わたしにはそういうふうに思えてならない。

さて、本書は一九四五年に出版されたアンナ・カヴァンの短篇小説集『I am Lazarus』の全訳である。アンナ・カヴァンは一九〇一年に生まれ一九六八年に逝去したイギリス人の女性であり、その小説の実験的・前衛的な作風と共に、数奇な実生活においても興味の尽きない作家である。詳細な説明は、国書刊行会から二〇一三年に刊行された久々の新訳短篇集『アサイラム・ピース』の巻末に訳者の山田和子氏がのせている、愛情あふれるあとがきを読んでいただきたい。

アンナ・カヴァンとして知られる作家は、一九三七年に生涯最大の精神的危機に陥ってひと夏をスイスで療養したあと、それまで小説六作を刊行していたヘレン・ファーガソンという名義を棄て、外観も作風も一変させてアンナ・カヴァンとなった。アンナ・カヴァンとなって最初に刊行されたのが上述の『アサイラム・ピース』だが、本書はその後、一九四一年に発表された長篇小説『Change the Name』のあと、一九四五年に出版された短篇集である。

一九四五年といえば、第二次世界大戦が終わった年だが、この作品集は重苦しい戦争にあえぐ都市と人々の苦しげな息遣いに満ちている。作家本人は、三年以上かけて五大陸をまわる大旅行をしたのちに、一九四二年に英国にもどっている。首都ロンドンに住んで職を見つけざるをえなくなっていたカヴァンは爆撃にさらされた無残な都市の姿にショックを受け、戦争がもたらしたさまざまな後遺症に心を痛め、やり場のない怒りを感じる。四三年にロンドンのミル・ヒル救急病院の戦争神経症センターで働くようになり、今でいう戦争の後遺症、ＰＴＳＤ（心的外傷後ストレス障害）に苦しむ兵士たちとじかに接し、彼らの話に耳を傾けるという得がたい経験をする（患者たちの身の上話といろいろな症状や徴候を聞いて記録するという仕事だった）。それから四ヶ月後に誘いを受けて、文芸雑誌『ホライズン』のアシスタントに転職し、この短篇集の作品のうち二作をこの雑誌で発表している。

このような戦争中という時期に書かれた本書の短篇は、それ以前の作品とはちがった雰囲気と緊張をまとっている。『アサイラム・ピース』や『ジュリアとバズーカ』を読まれている読者は、本書を読むときっと驚かれることだろう。アンナ・カヴァンという作家は比較的同じようなテーマやモチーフを繰り返し取り出しては作品に紡いでいる、というイメージが大きく変えられるのではないだろうか。特に、ミル・ヒル救急病院での経験が大きく影響しているにちがいない、戦争被害者であるもと兵士たちを中心にした『誰か海を想はざる』や『度忘れ』、『わが同胞の顔』はほとんど精神分析の症例記述かとも思える克明さで読者の胸に迫ってくる。

表題作の『われはラザロ』と『眠りの宮殿』は、当時の精神科医療が治療において模索しているようすが切実に描かれている。これは作家本人が薬物依存治療の際にサナトリウムで経験したことも反映されているのだろうが、治療と称して自我を消されたゾンビのような状態や眠りづけ状態にされる患者という名の人間への心の痛みと慨嘆がありありと響いてくる。『弟』もある意味では心理分析的な作品と言えるだろう。

『天の敵』や『写真』、『あらゆる悲しみがやってくる』などは、前記の邦訳作品の読者にはおなじみの、カフカ的と称される作品で、さらに『カツオドリ』というホラーがかった異色作がはさまれている。最後の『われらの都市』は『アサイラム・ピース』(表題作)と同じような小品集めいた構成になっているが、これは戦争によって破壊されたロンドンという都市とそこに住む人々へのオマージュとも言えるものだ。このような通り一辺倒な紹介ではとうてい伝えきれないほど、本書は実に多彩な魅力に満ちた作品集なのだが、それぞれのジャンルやテーマを超えて伝わってくるのは、わたしたちの住むこの現実世界のありようへの絶望感、無力感と、そこから発生する何か透徹した悲しみのようなものだ。そしてその表現のしかたは悲しいほど美しい。

前にも述べたように、この作品集は日本の終戦の年、一九四五年に発表されたものだが、今読んで驚くのは、カヴァンが憂えた戦争の恐怖や、周囲の世間に押しつぶされる個人といった状況が現代の日本でもまったく変わらずに実感として感じられることだ。本書の邦訳が刊行されるのが今年、二〇一四年だというのは、現在日本の政治や社会の風潮から考えると絶好のタイミングだと思えてならない。

蛇足かもしれないが、本書の表題にも出てくるラザロについて、日本の読者のために説明をつけておこうと思う。キリスト教に親しんでいる人なら、ラザロという名前を聞いて、あるイメージを思い浮かべるはずだ。ラザロは新約聖書に出てくる男性の名前で、二ヶ所に登場する。それぞれ別の人物だ。ひとつは『ルカによる福音書』十六章に出てくるラザロで、毎日贅沢に遊び暮らす金持ちの家の前に連れてこられて、食卓の残り物の施しを願うできものだらけの貧窮者だ。金持ちは死んだあと煉獄で苛まれるが、ラザロは天国で、天の父のとなりにすわり、ごちそうののった食卓についている。金持ちは煉獄から仰ぎ見て嘆き、天の父にこう頼む。どうかラザロを生き返らせて、わが父の家に残された兄弟たちに、善き行いをしないとわたしのように苦しむはめになると警告させてください、と。だが天の父はすげなく却下する。もうひとつのラザロは『ヨハネによる福音書』十一章でかなりのスペースをさいて語られているユダヤのベタニアという村の男で、病気で死ぬが、死後四日たってからキリストに呼ばれて、葬られたときの包帯で巻かれた姿のまま墓から出てくる。有名なのはゾンビのルーツのようなイメージをもつ後者のほうだろうが、どちらにしてもラザロとは〝神の力によって死からよみがえる者〟の名前である。また、前者のラザロは、〝生前は貧しくみじめであっても、それがゆえに神に愛されている者〟でもあり、キリスト教思想の大きな柱のひとつとなる定義を伝える存在だ。表題作の主人公トーマス・ボウはまさに周囲の世間に虐げられている弱き者であり、医師によって病の重篤な状態からよみがえらされたものの、漠然とした意識しかもてず、ぎこちない動作でしか動けない。だが彼のような現世では救いの見られない者こそが、真に神に愛されているのだ。

そう考えると、本書に出てくる作品のほとんどに、ラザロがいる。『眠りの宮殿』で無理やり眠らされている女性、精神に重篤な危機を抱えている帰還兵士たち、望みもしないのに空爆をする側にまわっているケン……。わけのわからない官僚機構に振りまわされる女性A、『われらの都市』に住む桜を愛でる娘たちもふくめ、みな、現状では無力でみじめな存在だが、本当は神に愛されているラザロたちだ。無機的に思えがちなカヴァンの小説群だが、実はこういう現世へのあきらめの裏での確信に裏打ちされていると思う。薬物依存者、戦争被害者、精神疾患者……種類はどうあれ、現世ですべてを奪われ、あきらめた人々はそう考えるしかないのだとも言える。そしてこのことがもっとも顕著にあらわれているのが、戦争という局面をモチーフにしたこの短篇集だろう。

もうひとつ、本書のあちこちで出てくる地名だが、マイランギ、グレート・バリア島、〈ブルー・レイク〉などはニュージーランドの地名だ。カツオドリがたくさん見られる海岸もニュージーランドの観光名所になっている。ニュージーランドはカヴァンが恋人としばらく暮らした土地で、明るい風景や気候で印象深かったのだろう。本書では、明るい光に満ちた土地ニュージーランドと空襲でずたずたにされた無残な都市ロンドンがあちこちに顔を出している。それはすなわち、人間が人間らしくいられる自然にあふれた世界と、人間がつくった人間を殺す仕組みによって自滅に向かっている世界との対比でもある。そして前者は記憶のなかにのみ存在する、望んでも得られないユートピアであり、後者は逃れようのない現実なのだ。このどうしようもない真実を描く筆致は、疎外される悲しみをたたえていながらも美しい。

なお、本書の訳出に際しては、一九四五年発表当時を鑑み、第二次大戦中の雰囲気を出す訳語を使っている。もし不適切と思われる部分があれば、それはすべて訳者の責任である。

多彩なおもしろさに満ちたこの作品集を日本語で紹介するにあたり、奔放なイマジネーションに満ちたカヴァンの筆致を伝えるだけの力があるとはとても言えない訳者だが、本書に関わる機会をくださった文遊社編集部の久山めぐみ氏にはどんなに感謝してもしきれない。昨年の『アサイラム・ピース』刊行以来、『ジュリアとバズーカ』、『愛の渇き』再刊と続いたカヴァンラッシュが止まることなく、ネット書評で佳作と評されている長篇『Eagle's Nest』など未訳作品が紹介されることを願ってやまない。

二〇一四年四月

細美　遙子

訳者略歴

細美遙子

1960 年、高知県高知市生まれ。高知大学文学部人文学科卒業、専攻は心理学。訳書にジャネット・イヴァノヴィッチのステファニー・プラムシリーズ（扶桑社、集英社）、マーセデス・ラッキー「黒い鷲獅子」（東京創元社）など。

われはラザロ

2014 年 6 月 1 日初版第一刷発行

著者：アンナ・カヴァン

訳者：細美遙子

発行者：山田健一

発行所：株式会社文遊社

東京都文京区本郷 4-9-1-402　〒 113-0033

TEL: 03-3815-7740　FAX: 03-3815-8716

郵便振替：00170-6-173020

書容設計：羽良多平吉 heiQuiti HARATA@EDiX+hQh, Pix-El Dorado

本文基本使用書体：本明朝新がな Pr5-BOOK

印刷：シナノ印刷

乱丁本、落丁本は、お取り替えいたします。

定価は、カバーに表示してあります。

I am Lazarus by Anna Kavan

Originally published by Jonathan Cape Ltd, 1945

Printed in Japan.　ISBN 978-4-89257-105-3

愛の渇き

アンナ・カヴァン
大谷 真理子 訳

物心ついたときから自分だけを愛してきた冷たく美しい女性、リジャイナ《女王》と、その孤独な娘、夫、恋人たちは波乱の果てに——アンナ・カヴァン、渾身の長篇小説。全面改訳による新版。

書容設計・羽良多平吉　ISBN 978-4-89257-088-9

ジュリアとバズーカ

アンナ・カヴァン
千葉 薫 訳

「大地をおおい、人間が作り出したあらゆる混乱も醜悪もその穏やかで、厳粛な純白の下に隠してしまったときの雪は何と美しいのだろう——。」カヴァン珠玉の短篇集。解説・青山南

書容設計・羽良多平吉　ISBN 978-4-89257-083-4

ヘレナ

イヴリン・ウォー
岡本 浜江 訳

英国出身のローマ皇帝生母による十字架発見は、史実か虚構か——？ 真の十字架という聖遺物をめぐってキリスト教の核心に迫る、ウォー渾身の長篇小説。解説・中野記偉

書容設計・羽良多平吉　ISBN 978-4-89257-086-5

憑かれた女

デイヴィッド・リンゼイ
中村 保男 訳

階段を振り返ってみると——それは、消えていた！ 奇妙な館に立ち現れる幻の階段を上ると辿り着く別次元の部屋で彼女が見たものは……。イギリス南東部を舞台にした、思弁的幻想小説。

書容設計・羽良多平吉 ISBN 978-4-89257-085-8

アルクトゥールスへの旅

デイヴィッド・リンゼイ
中村 保男・中村 正明 訳

「ぼくは無だ！」マスカルは恒星アルクトゥールスへの旅で此岸と彼岸、真実と虚偽、光と闇を超克する……。リンゼイの第一作にして最高の長篇小説！ 改訂新版

書容設計・羽良多平吉 ISBN 978-4-89257-102-2

歳月

ヴァージニア・ウルフ
大澤 實 訳

十九世紀末から戦争の時代にかけて、とある英国中流家庭の人々の生活を、半世紀という長い歳月にわたって悠然と描いた、晩年の重要作。

解説・野島秀勝 改訂・大石健太郎

書容設計・羽良多平吉 ISBN 978-4-89257-101-5

店員

バーナード・マラマッド
加島 祥造 訳

ニューヨークの貧しい食料品店を営むユダヤ人店主とその家族、そこに流れついた孤児のイタリア系青年との交流を描いたマラマッドの傑作長篇に、訳者による改訂、改題を経た新版。

書容設計・羽良多平吉 ISBN 978-4-89257-077-3

烈しく攻むる者はこれを奪う

フラナリー・オコナー
佐伯 彰一 訳

アメリカ南部の深い森の中、狂信的な大伯父に連れ去られ、預言者として育てられた少年の物語。人間の不完全さや暴力性を容赦なく描きながら、救済や神の恩寵の存在を現代に告げる傑作長篇。

書容設計・羽良多平吉 ISBN 978-4-89257-075-9

物の時代
小さなバイク

ジョルジュ・ペレック
弓削 三男 訳

パリ、60年代――物への欲望に取り憑かれた若いカップルの幸福への憧憬と失望を描き、ルノドー賞を受賞した長篇第一作『物の時代』、徴兵拒否をファルスとして描いた第二作を併録。

書容設計・羽良多平吉 ISBN 978-4-89257-082-7